Muerte en la isla

HOLLY JACKSON

Muerte en la isla

Obra editada en colaboración con Editorial Planeta – España

Título original: *Kill Joy*

Bajo el sello editorial CROSSBOOKS M.R.
Avenida Presidente Masarik núm. 111,
Piso 2, Polanco V Sección, Miguel Hidalgo
C.P. 11560, Ciudad de México
www.planetadelibros.com.mx

Primera edición impresa en España: febrero de 2025
ISBN: 978-84-08-29814-4

Primera edición impresa en México: marzo de 2025
ISBN: 978-607-39-2630-0

Impreso en los talleres de Corporación en Servicios
Integrales de Asesoría Profesional, S.A. de C.V.,
Calle E # 6, Parque Industrial
Puebla 2000, C.P. 72225, Puebla, Pue.
Impreso y hecho en México - *Printed in Mexico*

Estimada Celia Bourne:

(o sea, Pip Fitz-Amobi)

Recibe esta cordial invitación para venir a cenar conmigo por la celebración de mi 74.° cumpleaños. Pasaremos un fin de semana con toda la familia y espero verte allí a ti también. Será una noche para recordar.

Dónde: en la mansión Remy, en Joy Island, mi isla privada en la costa oeste de Escocia. Recuerda que el barco solo sale una vez al día, a las doce en punto de la mañana, y es un trayecto de dos horas.

(Pero en realidad se trata de la casa de Connor.)

Cuándo: este fin de semana (el próximo sábado a las 19:30).

Cordialmente,

Reginald Remy

(pero en realidad soy yo, Connor)

Por favor, abre esta invitación para información adicional.

Kill Joy Games™

Tu personaje

En este juego sobre un misterioso asesinato, tu papel será el de:

Celia Bourne

Con veinte años, eres la sobrina de Reginald Remy, el patriarca de la familia Remy y propietario del imperio Remy, con hoteles y casinos por toda Inglaterra. Eres huérfana, tus padres murieron cuando eras pequeña y nunca te han acogido realmente en la familia Remy, pese a que son los únicos familiares que te quedan. Estás resentida con este tema y con el hecho de que Reginald Remy, que es increíblemente rico, nunca se haya ofrecido a ayudarte económicamente. Actualmente trabajas en Londres como ama de llaves de una familia adinerada.

Sugerencias de vestuario

Prepárate para retroceder en el tiempo hasta 1924 y sumergirte en los locos años veinte. Un vestido con talle bajo debería bastar. Complétalo con una diadema y una boa de plumas.

Kill Joy Games™

Otros personajes

1. **Robert «Bobby» Remy**

   El hijo mayor de Reginald Remy. Será interpretado por: Ant Lowe

2. **Ralph Remy**

   El hijo pequeño de Reginald Remy. Será interpretado por: Zach Chen

3. **Lizzie Remy**

   La mujer de Ralph Remy. Será interpretada por: Lauren Gibson

4. **Humphrey Todd**

   El mayordomo de la mansión Remy. Será interpretado por: mí, Connor Reynolds

5. **Dora Key**

   La cocinera de la mansión Remy. Será interpretada por: Cara Ward

Prepárate para una noche inolvidable de asesinatos y misterios.

Kill Joy Games™

Uno

Una mancha roja se esparcía por los huecos y espirales de la huella de su pulgar. Pip la analizó como si fuera un laberinto. Si entornaba los ojos parecía sangre. No lo era, pero, si quería, podía engañar a sus ojos. Era Ruby Woo, el labial rojo que su madre había insistido en que usara para «completar el *look* de los años veinte». A Pip se le olvidaba que lo llevaba puesto y no paraba de tocarse la boca sin querer. Tenía otra mancha en el meñique. Manchas de sangre por todas partes, que destacaban sobre su piel pálida.

Se detuvieron frente a la casa de los Reynolds. Pip siempre había pensado que la casa parecía una cara y que las ventanas la miraban.

—Ya hemos llegado, Pipsicola —dijo su padre desde el asiento delantero. Se giró hacia ella con una sonrisa en la cara que le arrugaba la piel negra y la barba teñida de gris que estaba «probando para el verano», para descontento de su madre—. Disfruten. Estoy seguro de que la pasarán de muerte.

Pip gruñó. ¿Cuánto tiempo llevaba deseando decir eso? Zach, a su lado, se rio con educación. Zach era su vecino. Los Chen vivían cuatro números más abajo de los Amobi, así que siempre estaban subiendo y bajando de sus respectivos coches, para ir y volver de todas partes juntos. Pip tenía coche propio desde que cumplió los diecisiete, pero este fin de semana estaba en el taller. Tenía la sensación de que su padre había organizado todo para que tuvieran que aguantar estas insufribles bromas sobre asesinatos.

—¿Alguna más? —dijo Pip, envolviéndose los brazos con la boa negra, el contraste palideciéndolos todavía más. Abrió la puerta e hizo una pausa para poner los ojos en blanco.

—Ah, si las apariencias mataran —dijo su padre con demasiada facilidad.

Siempre había una más.

—Bueno, adiós, papá —dijo, y salió del coche. Zach hizo lo mismo por la otra puerta, no sin antes darle las gracias al señor Amobi por llevarlos.

—¡Que la pasen bien! —gritó su padre—. ¡Los dos tienen un aspecto de muerte!

Y otra más. Muy a su pesar, Pip no pudo evitar reírse con esta última.

—Ah, y Pip —dijo su padre, poniéndose serio esta vez—, el padre de Cara los llevará a casa. Si llegas antes que tu madre y yo del cine, ¿te importa sacar al perro a hacer pis?

—Sí, claro. —Le hizo un gesto con la mano y se fue hacia la puerta junto a Zach. Iba un poco ridículo: un saco rojo con rayas azul marino, unos jeans blancos, un moño negro y un canotier cubriéndole el cabello liso negro. Y se había puesto una placa que decía «Ralph Remy».

—¿Listo, Ralph? —preguntó Pip mientras tocaba el timbre. Y luego otra vez. Estaba impaciente por acabar con esto cuanto antes. Sí, hacía semanas que no veía a todos sus amigos juntos, y puede que se la fuera a pasar bien. Pero tenía trabajo esperándola en casa y la diversión, al fin y al cabo, era una pérdida de tiempo. Pero podía fingir lo suficientemente bien y que pareciera que no estaba mintiendo.

—Después de ti, Celia Bourne. —Zach sonrió, y ella se dio cuenta de que estaba emocionado. A lo mejor tenía que esforzarse un poco más en fingir y esbozar una sonrisa.

Fue Connor quien abrió la puerta, pero no parecía Connor Reynolds. Se había puesto una especie de tinte temporal en el cabello rubio oscuro, y ahora lo tenía gris y peinado hacia atrás. Tenía unas líneas marrones pintadas alrededor de los ojos, en un pobre esfuerzo por hacerse arrugas. Llevaba una elegante chamarra negra que seguramente le había quitado a su padre, un chaleco a juego y un moño, con un mantelito doblado sobre un brazo.

—Buenas noches. —Connor hizo una reverencia y se le despegó un mechón de cabello gris—. Bienvenidos a la mansión Remy. Soy el mayordomo, Humphrey Todd —dijo, haciendo énfasis en «humph».

Se escuchó un chillido cuando Lauren apareció en el vestíbulo detrás de Connor. Llevaba un vestido con vuelo rojo, con borlas por las rodillas. Un gorro con forma de campana que le escondía casi todo el cabello pelirrojo y un collar de perlas en el cuello que chocaba con la placa en la que se leía «LIZZIE REMY».

—¿Ese es mi marido? —dijo emocionada, dando saltitos hacia delante y arrastrando a Zach a la casa.

—Veo que ya está todo el mundo muy emocionado —dijo Pip, siguiendo a Connor por el vestíbulo.

—Bueno, menos mal que ya has llegado tú para calmarnos un poco a todos —bromeó.

Ella amplió la sonrisa y fingió todavía más.

—¿Están tus padres? —preguntó Pip.

—No, estarán fuera todo el fin de semana. Y Jamie tampoco está. Tenemos la casa para nosotros.

El hermano de Connor, Jamie, era seis años mayor que ellos, pero volvió a vivir con su familia cuando dejó la universidad. Pip recordaba lo tenso que estaba el ambiente en casa de los Reynolds cuando ocurrió, y cómo aprendieron todos a pasar con pies de plomo por el tema. Ahora era tabú.

Llegaron a la cocina, donde Lauren había arrastrado a Zach y le estaba dando una bebida. Cara y Ant también estaban allí, con una copa de vino tinto cada uno. Una mejora considerable de cualquier brebaje que pudiera hacerse con las bebidas que hubiera disponibles.

—Saludos, madame Pip —dijo Cara, la mejor amiga de Pip, con un acento horrible, deslizándose para agarrar la boa de Pip y dejándosela caer por su vestido verde esmeralda. Pip echaba de menos su overol—. Qué elegancia.

—Poundland —respondió Pip, mirando de arriba abajo el disfraz de Cara.

Llevaba un desaliñado vestido negro con un delantal blanco y el cabello rubio oscuro cubierto con un pañuelo gris. También había optado por pintarse unas arrugas en la cara, ligeramente más sutiles y eficientes que las de Connor—. ¿Cuántos años se supone que tiene tu personaje? —preguntó Pip.

—Ah, es viejísima —dijo Cara—. Cincuenta y seis.

—Parece que tienes ochenta y seis.

Ant soltó una carcajada y Pip por fin lo miró. Era el más excéntrico de todos, vestido con un traje de raya diplomática que le quedaba demasiado grande, una corbata blanca brillante, un bombín negro y un bigote falso gigante pegado sobre el labio.

—Por la libertad y el verano —dijo Ant, levantando el vino durante un instante antes de dar un sorbo. Se le cayó el bigote a la copa y volvió a emerger lleno de gotitas rojas.

Esta «libertad» era porque habían terminado los exámenes, era finales de junio y la primera vez que estaban todos juntos, los seis, desde hacía bastante tiempo, a pesar de que todos vivían en el mismo pueblo e iban a la misma preparatoria.

—Sí, bueno —dijo Pip—, aunque todavía no es verano porque nos queda un mes de clases. Además, tenemos que entregar en breve el Proyecto Complementario. —Bueno, a lo mejor tenía que practicar un poco más eso de fingir. No podía evitarlo. Sentía una punzada de culpa desde que salió de casa que le recordaba que tenía que haber empezado con ese trabajo este fin de semana, aunque hubiera hecho el último examen ayer. Los descansos no le sentaban bien a Pip Fitz-Amobi, y la «libertad» no le resultaba muy liberadora.

—Oye, en serio, ¿no puedes descansar ni una noche? —le dijo Lauren, con los ojos y los pulgares clavados en su teléfono.

Ant intervino.

—Podemos darte algunas tareas si así vas a estar más tranquila.

—Además, estoy segura de que ya has elegido el tema para el proyecto —dijo Cara, olvidándose del acento.

—Para nada —dijo Pip. Y ese era el problema.

—Mierda —dijo Ant, fingiendo pavor—. ¿Estás bien? ¿Quieres que llamemos a una ambulancia?

Pip le hizo una grosería con la mano y utilizó el dedo medio para darle un golpe al bigote postizo.

—Nadie me toca el bigote —dijo mientras se apartaba—. Es sagrado. Y me da miedo que me jale de los pelos del bigote de verdad.

—Como si a ti te saliera bigote. —Lauren se rio, sin levantar la mirada del teléfono. Ella y Ant tuvieron un romance muy corto y destinado al fracaso el año pasado, que consistió básicamente en unos cuatro besos estando borrachos. Ahora tenían suerte si Lauren era capaz de separarse de su actual novio, Tom, que era evidente que estaba al otro lado de la pantalla del teléfono.

—Bueno, damas y caballeros. —Connor carraspeó y tomó otra botella de vino, y una Coca-Cola para Pip—. Si son tan amables de seguirme hasta el comedor, por favor.

—¿Yo también, la humilde cocinera? —dijo Cara.

—Tú también. —Connor sonrió y los guio por el pasillo hasta el comedor, que estaba al fondo de la casa. Todavía seguía ahí, el golpe en el marco de la puerta, de cuando Connor patinó dentro de casa con doce años. Pip le dijo que no lo hiciera, pero ¿alguien la escuchaba alguna vez?

Cuando Connor abrió la puerta, el sonido amortiguado que provenía de dentro se convirtió en un suave *jazz* sonando desde la Alexa que estaba en un rincón de la habitación. Habían alargado la mesa, puesto un mantel blanco y unas finas velas parpadeaban en su centro, derramando cera roja por los lados.

Los sitios ya estaban asignados: platos, copas de vino, cuchillos y tenedores colocados. Y unas pequeñas etiquetas con los nombres sobre los platos. Pip vio el de «Celia Bourne». Estaba sentada entre «Dora Key», Cara, y «Humphrey Todd», Connor, justo delante de Ant.

—¿Qué hay para cenar? —dijo Zach, acariciando el plato vacío mientras se sentaba en el otro extremo de la mesa.

—Ah, eso —dijo Cara—. ¿Qué he cocinado para la cena, querido mayordomo?

Connor sonrió.

—Creo que esta noche has preparado pizza de Domino's al darte cuenta de que elaborar una cena para tanta gente, además de ser la anfitriona de una fiesta en la que hay un asesinato por resolver, era demasiado trabajo.

—Ah, pizza para llevar, mi platillo estrella —dijo Cara, acomodándose el vestido para poder sentarse.

Pip se instaló y se fijó en un libreto que había junto a su plato, en el que se leía el título: *Kill Joy Games – Muerte en la mansión Remy*. También decía su nombre: Celia Bourne.

—Que nadie toque el libreto todavía —dijo Connor, y Pip apartó la mano con un resoplido.

Connor se puso de pie delante del ventanal. Todavía había algo de luz fuera, aunque había un extraño brillo rosa grisáceo a medida que llegaban las nubes para reclamar su noche. El viento también se estaba levantando y hacía bailar los árboles del fondo del jardín, que aullaban entre los silencios de la música.

—A ver, antes que nada —anunció Connor con un recipiente en la mano—. Metan aquí sus teléfonos.

—¿Perdona? —Lauren parecía disgustada.

—Lo que has oído —dijo Connor, y sacudió el recipiente mirando a Zach, que entregó el suyo sin chistar—. Estamos en 1924, no podemos tener celulares. Y quiero que nos concentremos todos en el juego.

Ant metió el suyo.

—Eso —dijo—, si no, no ibas a dejar de escribirte con tu novio.

—¡Mentira! —protestó Lauren mientras metía el teléfono a regañadientes en el contenedor.

Los demás estaban en silencio: todos habían pensado lo mismo. Y, en ese silencio, a Pip le pareció oír algo arriba. Como unos pasos amortiguados. Pero no, no podía ser. Connor había dicho que estaban solos en casa. Debió haberlo imaginado. O a lo mejor solo había sido el ruido del viento.

Pip metió su teléfono y el de Cara en el recipiente.

—Gracias —dijo Connor, haciendo una reverencia, como buen mayordomo. Lo llevó a la mesita que estaba al fondo de la habitación e hizo todo un numerito para meterlo dentro del cajón y cerrarlo con una pequeña llave, que colocó encima del calefactor. Pip descubrió a Lauren mirando de reojo.

—Muy bien. A partir de ahora, no nos podemos salir del personaje —dijo Connor, dirigiendo sus palabras a Ant, que se reía disimuladamente.

—Sí, soy yo, Bobby —dijo Ant. Y luego, pasándole el

brazo por encima de los hombros a Zach, añadió—: Mi hermano y yo.

Pip los miró. Eran los primos de Celia Bourne, Ralph y Bobby Remy. Malditos niños malcriados.

—Muy bien, señor —respondió Connor—. Pero ¿no le resulta extraño que nos hayamos reunido para celebrar el septuagésimo cuarto cumpleaños de Reginald Remy y que no se haya presentado a la cena? —Hizo una pausa y los miró intencionadamente.

—Sí, mmm, es muy extraño —dijo Cara.

—No es propio de mi tío —añadió Pip.

Zach asintió.

—Padre nunca se retrasa.

Connor sonrió, encantado consigo mismo.

—Tiene que estar en la mansión, en alguna parte. Deberíamos ir en su búsqueda.

Todos se quedaron mirándolo con atención.

—He dicho que deberíamos ir en su búsqueda —repitió Connor.

—Ah, ¿ir a buscarlo de verdad? —preguntó Lauren.

—Sí, tiene que estar en algún sitio. Lo mejor será que nos separemos.

Pip se puso de pie y salió de la habitación con los demás. Era evidente que a Reginald Remy lo habían asesinado, el objetivo del juego era resolver un misterioso asesinato, al fin y al cabo. Pero ¿qué estaban buscando, exactamente? ¿Una foto del hombre muerto o algo así?

Pasaron por delante del armario del pasillo, que tenía un papel pegado en el que se leía «Sala de billar».

Zach abrió las puertas del armario y miró dentro.

—No está en la sala de billar —dijo—, y tampoco hay una mesa de billar.

Cara y Ant se pusieron a forcejear y a correr para ser los

primeros en llegar a la puerta del salón, que habían etiquetado como «BIBLIOTECA». Pero los pies de Pip jalaban de ella al otro lado, hacia las escaleras, y Zach le pisaba los talones. Si había oído algo de verdad, había tenido que provenir de arriba del comedor. Pero ¿qué era? Estaban solos en casa.

Subieron las escaleras, pero al llegar arriba se separaron. Zach se dirigió vacilante hacia el dormitorio de Connor, y Pip hacia el otro lado, a la habitación que estaba justo encima del comedor. Sabía que esa era la oficina del padre de Connor, pero el papel de la puerta le decía que, esta noche, era el «ESTUDIO DE REGINALD REMY».

La puerta crujió al abrirla. Estaba oscuro, las cortinas impedían el paso de los últimos rayos de luz de la tarde. Su visión se ajustó a una habitación llena de sombras borrosas. Nunca había entrado aquí y sintió un escalofrío incómodo en la nuca; ¿tenía permiso para estar aquí?

Pip veía la oscura silueta del escritorio contra la pared del fondo, y lo que debía de ser una silla con ruedas. Pero había algo que no encajaba. La silla estaba de espaldas al escritorio, apuntando hacia ella. Y una sombra rompía la silueta. Había algo en esa silla. O alguien.

A Pip se le aceleró el corazón en el pecho mientras recorría los dedos por la pared en busca del interruptor de la luz. Lo encontró, y lo encendió aguantando la respiración.

La luz amarilla parpadeó y llenó las sombras. Pip tenía razón, había alguien sentado en aquella silla. Se le hundió el corazón hasta el amargo ácido del estómago, porque lo único que podía ver era sangre.

Muchísima sangre.

Dos

Era Jamie, el hermano mayor de Connor.

No se movía.

Tenía los ojos cerrados y la cabeza doblada en un extraño ángulo hacia el hombro. Toda la parte delantera de la camiseta, que antes era blanca, estaba empapada de sangre, brillante bajo la luz y roja como la ira.

Se le quedó la mente en blanco, y se le volvió a llenar con toda esa sangre.

—J-Ja... —empezó a mascullar Pip, pero la palabra se cortó, se golpeó contra los dientes apretados mientras miraba a Jamie. Espera... igual sí se movía. Parecía que estaba temblando, se le agitaba el pecho.

Pip dio un paso adelante. Los ojos no la estaban engañando; estaba temblando de verdad, estaba segura. Temblando, jadeando o...

... riéndose. Se estaba riendo, intentaba aguantarse, pero abrió los ojos y la miró.

—Jamie —dijo enfadada. Con él y consigo misma; claro que era solo parte del juego. Lo tendría que haber sabido al verlo.

—Lo siento, Pip —se rio Jamie—. Me ha quedado genial, ¿eh? Parecía supermuerto.

—Sí, supermuerto —dijo ella mientras respiraba hondo para liberar la tensión que sentía en el pecho. Y ahora que estaba más cerca, la sangre falsa era demasiado roja, como las manchas de labial en las manos.

—Supongo que tú eres Reginald Remy, entonces —dijo.

—Lo siento, no puedo responderte. Estoy demasiado muerto —respondió Jamie, acomodándose la bata morada que tenía sobre la camiseta—. Mierda, ya vienen. —Volvió a dejar caer la cabeza y a cerrar los ojos. Pip escuchó a los demás subiendo las escaleras.

—¿Celia, dónde estás? —gritó Cara con su acento falso.

—¡Aquí! —respondió Pip.

Zach fue el primero en llegar desde el otro lado del descanso. Sonrió cuando asomó la cabeza por la puerta y vio a Jamie.

—Durante un segundo creí que era de verdad —dijo.

Lauren ahogó un grito y los demás se amontonaron detrás de ella.

—Qué asco —dijo ella—. Y habías dicho que estábamos solos, Connor.

—¡Demonios! —gritó Connor—. ¡Parece que alguien ha asesinado a Reginald Remy!

—Sí, creo que todos lo entendimos. Gracias, Connor —dijo Cara.

—Humphrey, si no te importa —respondió.

Hubo un momento de silencio mientras todos miraban expectantes a Connor. Y el cadáver carraspeó.

—¿Qué? —Connor se giró hacia su hermano.

—Tu frase, Con —dijo el cuerpo sin vida, moviéndose lo menos posible.

—Ah, claro. ¡Todo el mundo al comedor, vamos! —anunció Connor—. Llamaré a Scotland Yard cuando... Ah, y también tengo que pedir las pizzas.

Estaban todos sentados de nuevo en sus sitios asignados, y

Pip luchaba contra la necesidad de agarrar el libreto. Pasaron unos minutos hasta que Jamie volvió a la habitación. Pero ya no era el cadáver de Reginald Remy. Se había puesto una camiseta limpia. Y llevaba un casco policial de plástico. Connor y él se parecían mucho, incluso para ser hermanos: rubios con la piel pecosa. Aunque Connor era más delgado y sus rasgos más delicados, y el cabello de Jamie era casi castaño. Jamie se había ofrecido a dirigir el misterioso asesinato para que Connor también pudiera jugar.

—Bueno, bueno, bueno —dijo Jamie, poniéndose junto a un extremo de la mesa, analizándolos a todos con un libreto de *Kill Joy Games* más grueso en la mano—. Mi nombre es inspector Howard Whey, de Scotland Yard. Me han informado que se produjo un asesinato.

—¡Ha sido Sal Singh! —gritó de pronto Ant, mirando a su alrededor, esperando que todo el mundo se riera.

La mesa se quedó en silencio.

Claro que hubo un asesinato, un asesinato de verdad, en su pueblo, Little Kilton, hacía poco más de cinco años. A Andie Bell, que tenía la misma edad que Pip en aquel momento, la asesinó su novio, Sal Singh, que se suicidó días después. Un caso evidente de asesinato y suicidio, según la policía. Y en Little Kilton todo era un recuerdo de lo que ocurrió: su escuela, a la que también fueron Andie y Sal; el bosque junto a la casa de Pip, donde encontraron a Sal; la dedicatoria para Andie en la banca de la plaza del pueblo; los Bell y los Singh, que aún vivían allí.

Era casi como si el pueblo hubiera quedado definido por el asesinato de Andie Bell, como si se pronunciaran juntos en el mismo aliento, inseparables el uno del otro. A veces a Pip se le olvidaba lo insólito que era que le hubiera ocurrido algo tan terrible a alguien tan cercano a ellos. La hermana mayor de Cara, Naomi, fue la mejor amiga de Sal. Por eso Pip lo conocía, y él siempre había sido muy gentil con ella. No quería creerlo. Pero, como decía todo el mundo, era un caso evidente. Lo hizo él. Así que así debió de ser.

Pip miró a Jamie y vio un destello en sus ojos. Jamie era de la edad de Andie y fueron compañeros de clase aquel año.

—Cállate, Ant —dijo Cara muy seria, sin rastro de la cocinera Dora Key.

—Claro —afirmó Jamie, recuperándose—. Típico de Bobby Remy, siempre interrumpiendo en busca de atención. Como iba diciendo... —Cambió abruptamente el tema por la incomodidad que se percibía en el ambiente—, ha ocurrido un asesinato. Reginald Remy está muerto, y como ustedes son las únicas personas presentes en su recóndita isla privada y solo hay un barco al día, el asesino tiene que estar en esta habitación.

Todos se miraron sospechosos, y Pip se fijó en que Cara evitó la mirada de Ant.

—Pero, si trabajamos juntos, podremos resolver este misterio y llevar al culpable ante la justicia —continuó Jamie, leyendo la frase del libreto—. Tomen —dijo, levantando una bolsa de Tesco—, les daré una libreta y un pluma a cada uno para que vayan anotando sus pistas e hipótesis. —Jamie le pidió a Connor que las repartiera como Humphrey Todd, el mayordomo, y él aceptó con diligencia.

Pip no perdió ni un minuto en escribir su nombre en la primera página de la libreta y en empezar a tomar notas. No es que le importara —solo era un juego—, pero odiaba ver un cuaderno sin usar.

—Para comenzar, ¿qué les parece si nos vamos presentando? —dijo Jamie—. Estoy seguro de que todos se conocen bien, pero a mí me gustaría saber algo más de nuestros sospechosos. Empecemos contigo, Bobby —dijo, señalando a Ant con la cabeza.

—De acuerdo. —Ant se levantó—. Hola a todos, me llamo Robert, «Bobby» Remy. Tengo treinta y nueve años y soy el hijo mayor, y el favorito —dijo, con una mirada bromista a Zach—, de Reginald Remy. Trabajaba para el imperio de hoteles y casinos Remy e iba a heredar la empresa de mi padre pero, hace unos años, me di cuenta de que ese trabajo no era lo mío y, desde entonces, simplemente vivo tranquilo en Londres. Menos mal que mi padre todavía me paga los gastos. Me pagaba, quiero decir. Ay, mi pobre padre, ¿quién ha podido hacerle algo así? —Se llevó las manos al pecho de forma muy exagerada.

—Muy bien, siguiente —dijo Jamie, señalando a Zach.

—Hola a todos —saludó mientras se ponía de pie, hundiendo la cabeza—. Soy Ralph Remy, el hijo pequeño de Reginald, tengo treinta y seis años. Trabajo en los hoteles y casinos Remy y, en los últimos años, mi padre me ha estado formando para que me encargue de la empresa. Llevaba un tiempo jubilado, pero seguía tomando las decisiones más importantes. Trabajábamos en equipo. Eh... ¡ah! —exclamó, señalando a Lauren, que estaba dos sillas más allá—. Esta es mi encantadora esposa, Lizzie. Llevamos cuatro años casados y somos muy felices juntos. —Se acercó a darle unas palmaditas a Lauren en la espalda y volvió a su sitio.

—¿Yo? —Lauren fue la siguiente, y se levantó—. Soy Lizzie Remy, Tasker es mi apellido de soltera. Tengo treinta y dos años. Soy la nuera de Reginald, la esposa de Ralph. Sí, somos muy felices, querido —sonrió a Zach—. También trabajo en la empresa familiar y he sido la encargada del casino principal de Londres. Es posible que alguno de ustedes piense que no formo parte de esta familia, pero me he ganado mi lugar aquí, y eso es todo lo que tengo que decir.

—Está bien —dijo Pip, colocándose la boa de plumas mientras se levantaba. Se sentía un poco ridícula, pero, ya que estaba aquí, iba a intentar disfrutarlo. A lo mejor así se olvidaba de la propuesta del proyecto que le esperaba en casa. Mierda, ahora había vuelto a pensar en ello.

—Soy Celia Bourne, de veintinueve años. Reginald Remy era mi tío. Mis padres murieron trágicamente cuando era pequeña, así que los Remy son mi única familia. Aunque igual necesitan que se los recuerde —dijo, mirando intensamente a Ant y a Zach—. Cómo me alegro de que todos ustedes trabajen en la empresa familiar; a mí nunca se me ha ofrecido nada parecido. Actualmente trabajo como ama de llaves en Londres, y les doy clases a los niños de una familia pudiente y muy acogedora.

—Oh, mis habilidades detectivescas han captado cierta tensión —dijo Jamie, dándose golpecitos en el casco de policía—. ¿Y los empleados de la casa? —Miró a Cara y a Connor.

—Sí, yo soy Humphrey Todd —anunció Connor, levantándose de la silla—. Sesenta y dos años, soy tan joven. Llevo veinte años trabajando de mayordomo en la mansión Remy. No siempre ha sido fácil vivir en un sitio tan remoto. Tengo una hija, ¿saben?, y no puedo visitarla tanto como me gustaría. Pero el señor Remy siempre me ha pagado bien y le guardo el más profundo respeto. En todo este tiempo, viéndonos todos los días, creo que llegamos a ser buenos amigos.

Ant soltó una carcajada.

—Nadie se hace amigo del servicio —dijo.

—Bobby —Zach lo miró, desconcertado—, no seas cruel.

—Muy bien, señor —dijo Connor, haciendo una reverencia hacia Ant mientras volvía a sentarse.

—Por último, pero no menos importante —dijo Cara sobre sí misma, forzando de nuevo el acento al levantarse—. Soy Dora Key, y solo tengo cincuenta y seis años, aunque he escuchado a alguno ir diciendo por ahí que aparento ochenta y seis. —Lanzó una mirada intencionada a Pip—. Soy la cocinera de la mansión. No llevo mucho tiempo aquí, me contrataron hace solo unos seis meses. Parece ser que antes había más personal, pero después de la muerte de su esposa, el señor empezó a despedir a gente, aunque me imagino que se dio cuenta de que no podría sobrevivir sin una cocinera. El viejo Humph y yo somos los que mantenemos a flote esto, aunque es un trabajo bastante duro.

—Excelente —dijo Jamie—. Ahora que nos conocemos todos, permítanme contarles lo que he podido averiguar con la investigación inicial. —Empezó a leer en voz alta—. Todos los invitados llegaron ayer, viernes, en el mismo barco desde la península, para pasar el fin de semana aquí. Esta noche, en su cumpleaños, Reginald Remy, de setenta y cuatro años, ha sido asesinado en su estudio con una puñalada mortal directa en el corazón. Murió en el acto. No hay signos de forcejeo en el cuerpo, lo que significa que Reginald conocía y confiaba en su asesino, quien pudo acercarse a él sin levantar sospechas.

Pip fue escribiendo, ya llevaba dos páginas.

—Lo que tenemos que hacer ahora, entonces, es establecer la hora de la muerte y conocer sus coartadas. Por favor, si son tan amables, abran sus libretos en la primera página. No pasen más adelante.

Pip tomó el suyo y lo apoyó encima del plato. Leyó la primera página rápidamente, y luego otra vez al darse cuenta de que Connor y Cara estaban mirándola, cambiando de expresión para ocultar sus secretos.

Tu coartada

Cuando te pregunten dónde estuviste a la hora del asesinato, di que estabas en la cama, echándote una siesta. Habías sufrido un ataque de alergia y te pareció que lo mejor era descansar un poco antes de la cena de cumpleaños.

En esta ronda:

- Escucha atentamente las coartadas del resto de invitados.
- Cuando Lizzie Remy cuente su coartada, duda de ella. Dile que te parece extraño que diga que se estaba dando un baño a esa hora, ya que las tuberías suelen hacer mucho ruido en tu habitación cuando arriba alguien abre la llave de la tina, y esta noche no has oído nada.

Tres

—Lo primero, entonces —dijo Jamie, acomodándose en la silla que presidía la mesa—, es averiguar quién y cuándo vio a Reginald con vida por última vez.

—Ah, creo que fui yo. Yo, Ralph —dijo Zach, asintiendo con la mirada fija en el libreto, y luego levantando la cabeza mientras pasaba un dedo por el párrafo en cuestión—. Lizzie, Celia y yo... —miró primero a Lauren y luego a Pip— estábamos tomando el té con mi padre en la biblioteca. La cocinera —señaló a Cara con la cabeza— nos trajo unos panes y un poco de pastel para acompañarlo. Las mujeres se marcharon primero y, cuando mi padre y yo terminamos, lo acompañé a las escaleras. Me dijo que iba a quedarse en su estudio para terminar de solucionar unas cosas antes de la cena. Eran alrededor de las cinco y cuarto de la tarde.

—¿Alguien vio a Reginald Remy más tarde? —preguntó Jamie a la sala, dándose golpecitos en el casco de policía.

Se escucharon varios murmullos diciendo «no», sacudieron la cabeza y se intercambiaron miradas.

—Muy bien. Las cinco y cuarto —anunció Jamie, y Pip anotó la hora—. Y luego Pip, perdón —Jamie entrecerró los ojos mirando su placa con el nombre—, Celia, encontró el cadáver aproximadamente a las seis y media de la tarde. En la hora del juego, no en la hora real —dijo, al darse cuenta del ceño fruncido de Pip—. Estupendo, ya tenemos la franja horaria en la que se cometió el asesinato: entre las cinco y cuarto y las seis y media. Ahora bien —hizo una pausa, mirándolos uno por uno—, ¿dónde estaban todos en esa importantísima hora y quince minutos?

Connor fue el primero en responder, en el papel de Humphrey Todd, el mayordomo.

—Yo estaba aquí, preparando el comedor para la cena. Al señor le gustaba que la cubertería estuviera pulida para las ocasiones especiales.

—¿Tienes alguna prueba? —preguntó Ant, con toda la pomposidad de su personaje, Bobby Remy.

—La prueba es la mesa en la que está usted sentado, jovencito —dijo Connor ligeramente ofendido—. ¿En qué otro momento cree usted que podría haber tenido tiempo de preparar la sala?

—¿Y dónde estabas tú, Bobby? —le preguntó Zach a su hermano ficticio—. No te tomaste el té con nosotros en la biblioteca como ibas a hacer en un principio. De hecho, no te he visto en toda la tarde.

—Muy bien, listillo —dijo Ant—. Si tanto te interesa, me fui a dar un paseo para meditar un poco. Junto a los acantilados. Estoy seguro de que Ralph —se giró para mirar a Zach— entenderá perfectamente por qué.

—Pero yo también he salido a dar un paseo por esa zona —murmuró Zach—, después de despedirme de padre en la escalera, me fui a caminar por la zona sur de la isla, para quemar los panes y que me entrara hambre para la cena.

—¡No me diga! —soltó Cara, como Dora Key, la cocinera, apoyando los codos en la mesa—. Qué interesante, porque yo también he estado por allí y no lo he visto, señorito Ralph. No sé exactamente dónde estaba a esa hora, inspector —miró a Jamie—, ya que el reloj de la cocina lleva un tiempo estropeado. Pero estoy bastante segura de que fue aproximadamente a esa hora cuando me acerqué al huerto que hay al sur de las tierras. Y no recuerdo haber visto a nadie.

—Nos debemos de haber cruzado —le dijo Zach desde el otro lado de la mesa.

—Es evidente —señaló Cara—. ¿Y tú, Pip? Mierda, ¿Celia? ¿Usted también salió a pasear por las tierras?

Pip carraspeó.

—No, qué más quisiera. He tenido mucha alergia desde que llegué a la isla y quería encontrarme bien para esta noche. Así que, después de tomar el té en la biblioteca, me fui a la cama para descansar un poco antes de la cena.

—¿Dónde? —preguntó Ant.

—En mi dormitorio, por supuesto —respondió apresuradamente, sorprendiéndose a sí misma. ¿Estaba a la defensiva? Celia ni siquiera era una persona real, ¿por qué la estaba defendiendo? Le estaban prestando demasiada atención, debería desviarla—. Estás muy callada, Lizzie, ¿dónde estabas tú?

—Oh. —Lauren sonrió con amabilidad—. Resulta que, tomando el té, no sé cómo, me manché de mermelada y fui a darme un baño y asearme para la cena. Así que ahí estaba, en la bañera de mi dormitorio. ¿Sabes lo que es un baño, Celia, querida?

—¿Un baño de una hora y quince minutos? —respondió Pip.

—Me gustan los baños largos.

—Qué interesante. —Pip hizo una mueca—. Las tuberías de arriba pasan justo por mi habitación, y siempre oigo el agua cuando alguien abre el grifo de su bañera; hace mucho ruido. —Hizo una pausa para darle efecto y miró a los demás—. Esta noche no han sonado las tuberías.

Cara ahogó un grito de forma dramática.

—Pensaba que estabas dormida. —Lauren parecía nerviosa—. ¿Cómo ibas a escuchar nada?

Pip no tenía respuesta para eso.

—Muy bien, todo esto es muy interesante —dijo Jamie frotándose la barbilla—. Parece que todos estaban solos a la hora del asesinato. Y eso significa, de hecho, que ninguno de ustedes tiene una coartada.

Cara ahogó otro grito, pero lo exageró demasiado y empezó a toser. Pip le dio palmaditas en la espalda.

—Así que —continuó Jamie— todos... Un momento, Connor, pediste las pizzas, ¿no?

—Sí, sí —dijo Connor.

—Bueno, para saber —dijo, antes de volver a meterse en el rol megaserio del Inspector Howard Whey—. Así que todos han tenido los medios y la oportunidad para cometer este homicidio. Me pregunto quién de ustedes tenía también un motivo.

Miró a Pip durante un segundo, y ella se movió incómoda por la presión. No sabía mucho de Celia, puede que sí que fuera la asesina.

—Pero en mi investigación inicial he encontrado una cosa más. El arma homicida. —Jamie colocó los nudillos sobre la mesa y se inclinó sobre ellos—. Estaba junto al cadáver, pero no hay ninguna huella, por lo que el asesino debía llevar guantes o la limpió al terminar. Es un cuchillo. Un cuchillo de la cocina.

Todo el mundo miró a Cara.

—¿Qué? —dijo, cruzándose de brazos—. Ah, claro, culpemos a la pobre cocinera, ¿no? Cualquiera de ustedes podría haber entrado en la cocina a tomar uno de los cuchillos.

—Si tú estabas allí, no —dijo Zach tranquilamente, bajando la mirada. No le gustaba el enfrentamiento, ni siquiera cuando no era Zach.

—No estaba —protestó ella—. Ya lo he dicho. Fui al huerto.

Miren, acompáñenme. —Se levantó—. Que vengan. Tengo una prueba.

Salió a toda prisa del comedor.

—Supongo que deberíamos seguirla —dijo Jamie, haciendo un gesto a los demás.

Esto debía de ser parte del juego, algo que decía el libreto de Cara. La silla de Pip rechinó contra el suelo al levantarse y salir de la habitación, con el cuaderno y la pluma en la mano, siguiendo a Cara hacia la cocina.

—Ajá —dijo Ant al entrar, señalando el taco cilíndrico de madera desde el que asomaban los coloridos puños de los cuchillos—. ¡Más cuchillos! ¿Cuántos asesinatos más has planeado, Dora?

—Creo que esos son demasiado modernos para ser de 1924 —dijo Pip.

—Si los señoritos se callaran un momento —reclamó Cara—, por aquí está la nota que me dejó uno de los invitados. Esa es mi prueba. Ayúdenme a buscarla.

—¿Esto? —dijo Connor, sacando un sobre de entre dos platos en el escurridor. Tenía algo impreso: «Prueba n.º 1».

—Sí, eso —dijo Cara, con una pequeña sonrisa en la cara—. Léalo en voz alta.

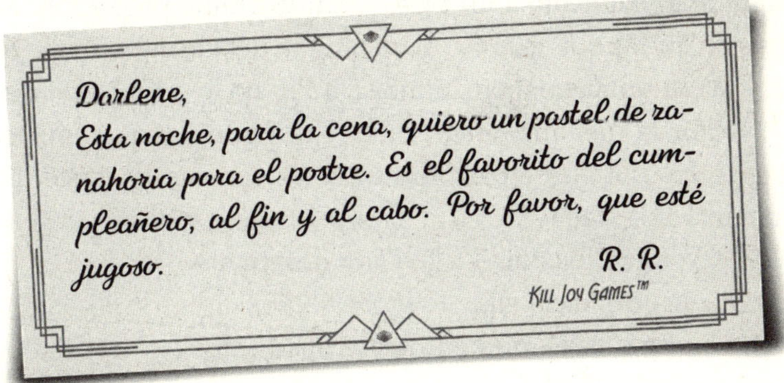
Darlene,
Esta noche, para la cena, quiero un pastel de zanahoria para el postre. Es el favorito del cumpleañero, al fin y al cabo. Por favor, que esté jugoso.

R. R.

Kill Joy Games™

Cara se estremeció.

—Aaay, odio la palabra «jugoso».

—¿Quién es Darlene? —preguntó Connor, mirando la nota con los ojos entornados.

—Evidentemente, la persona que escribió la nota ni siquiera se ha molestado en aprenderse mi nombre —dijo Cara—, así que fui al huerto por zanahorias. Ah, e hice el maldito pastel, por cierto. Me quedó jugosísimo.

—La nota está firmada por un tal R. R. —pensó Pip en voz alta, girándose hacia Ant y Zach: Robert y Ralph Remy—. La ha escrito alguno de ustedes.

Zach ni se inmutó, pero Ant sonrió y levantó las manos.

—Okey, okey —dijo—. Yo escribí la nota. Quería tener un detalle con mi padre.

—Por una vez —intervino Zach, tomándole el gusto al juego.

—Lo admito, mi padre y yo no hemos tenido últimamente la mejor relación. Solo quería tener un bonito detalle después de la conversación un poco acalorada de esta mañana. Pero alguien lo mató antes de que viera el maldito pastel de zanahoria.

—¿A qué hora escribiste la nota, Bobby? —preguntó Pip, mirándolo fijamente a los ojos, y con la pluma preparado. Es que, no quería que se le escapara ningún detalle importante. Sí, sí solo era un juego, pero, aun así, a Pip no le gustaba perder.

—Por la mañana, tarde, creo —respondió Ant, comprobando los detalles en su libreto—. Sí, como a las once. La cocinera no estaba.

—¿Ven? Se los dije —dijo Cara desafiante.

Pip se giró hacia ella.

—No sé si es el momento para decir esto.

La mirada triunfal de Cara se convirtió en una de traición.

—¿Por qué? —preguntó, con la voz de Dora Key completamente de vuelta.

—Bobby te dejó la nota a las once —explicó Pip—, pudiste ir al huerto a cualquier hora después. Esto no demuestra que estabas allí a la hora del asesinato.

—¿Me está llamando mentirosa? —dijo Cara, dándole un empujón juguetón a Pip.

—Y, además —continuó Pip—, esto demuestra que, en algún momento a lo largo del día, dejaste la cocina vacía, lo que significa que cualquiera de nosotros pudo entrar y llevarse el cuchillo. —«Incluso yo. Bueno, Celia», pensó—. Sabemos que Bobby estaba aquí solo cuando dejó la nota. Esta nota podía ser incluso su tapadera para tener acceso al arma homicida y...

Pero su discurso se vio interrumpido por un ruido fuerte y rápido que resonó por toda la casa.

Lo siguió otro grito.

Cuatro

—Es el timbre —dijo Jamie mirando a Lauren, que estaba gritando. Se detuvo de inmediato e intentó disimularlo como un ataque de tos, pero fracasó—. ¡Han llegado las pizzas! —Jamie se apresuró a abrir la puerta y se acordó en el último segundo de quitarse el casco de policía de plástico. Al menos, ya no estaba cubierto de sangre.

—¿Alguien quiere barbacoa? —preguntó Connor unos minutos después, pasándole la caja de pizza a Zach desde el otro extremo de la mesa.

—Qué buena cocinera soy —presumió Cara con un hilo de queso colgándole por la barbilla.

Pip tenía tres porciones en el plato, pero todavía no las había tocado. Estaba inmersa en su libreta, escribiendo todas las coartadas y primeras teorías. De momento, las cosas no pintaban demasiado bien para Bobby, pensó lanzándole una mirada furtiva a Ant. Pero ¿no era eso lo que el juego quería que pensara? ¿O era simplemente porque Ant era insoportable incluso en sus mejores momentos? Tenía que ser más objetiva y separarse de la ecuación.

—Bueno —dijo Jamie, descansando un momento de su pizza y con el casco inclinado sobre la cabeza—. Me alegra observar que a ninguno se le ha quitado el apetito después de este espantoso asesinato. Pero, mientras comían, he llevado a cabo una segunda inspección de la escena del crimen y he descubierto algo bastante interesante.

—¿Qué? —preguntó Pip, con la pluma flotando por encima de la hoja. Quizá se había equivocado. A lo mejor resolver asesinatos no era tan diferente de hacer tarea, al fin y al cabo. Sentía cómo se zambullía de cabeza en ello y el resto del mundo se desvanecía, como cuando se perdía en alguna de sus disertaciones o escuchaba una temporada entera de algún pódcast de crímenes reales en una noche, o con cualquier otra cosa, en realidad. Los profesores lo llamaban una «excelente concentración», pero a la madre de Pip le preocupaba que se pareciera demasiado a una obsesión.

—Oh, no, hemos despertado al monstruo —dijo Cara, dándole un golpecito amistoso a Pip entre las costillas. Llevaba haciendo eso desde que tenían seis años, cada vez que Pip se ponía demasiado seria—. Recuerde que esto es solo un juego, Celia.

—No creo que el personal de servicio deba tocar a los miembros de la familia —dijo Lauren mirando mal a Cara.

—Vete al carajo, Lauren —respondió Cara, y le dio un buen sorbo al vino.

—Me llamo Lizzie.

—Oh, discúlpeme. Váyase al carajo, Lizzie.

—A ver. —Jamie se rio y elevó ligeramente la voz—. En la segunda inspección, he descubierto que han dejado abierta la caja fuerte escondida tras el retrato familiar en el estudio de Reginald. Y... está vacía.

Cara fingió otro grito ahogado y Jamie inclinó la cabeza en agradecimiento.

—Exacto —dijo él—. Alguien ha abierto la caja y ha sacado su contenido. Ralph me ha comentado que dentro había documentos y papeles importantes de su padre.

—Ah, ¿sí? —preguntó Zach.

—Sí —dijo Jamie—. Esto ha debido de ocurrir antes o después del asesinato y, sin duda, nos lleva hacia un posible motivo. —Echó un vistazo rápido a su libreto—. Pero ¿qué secretos guardaba Reginald ahí? Sea lo que sea lo que alguno de ustedes se haya llevado, lo más probable es que la prueba siga aún dentro de la casa. Quizá deberíamos ir a buscar...

Pip no necesitó saber más, fue la primera en levantarse y salir de la habitación. Los demás se rieron de ella. ¿Adónde iba? Estuvieron en la cocina hace poco, así que la prueba tendría que estar en otro sitio. ¿La biblioteca? Ya había aparecido varias veces a lo largo de la historia.

Se fue hacia el salón y vio la etiqueta de «BIBLIOTECA» colgando de una cinta adhesiva. El viento se había debido de colar por alguna grieta desconocida. Detrás de ella, Pip escuchó a Cara y a Lauren por las escaleras. ¿Iban al estudio de Reginald? Ahí no iban a encontrar lo que fuera que estuvieran buscando, ya lo habían robado de ahí.

Se quedó de pie en el quicio de la puerta y estudió la habitación. Había un sofá esquinero y un sillón en su sitio habitual. La pantalla oscura de la tele contra la pared del fondo, y su reflejo fantasmagórico, colgado de forma extraña del marco de la puerta. Había una repisa sobre la chimenea con dos plantas y ocho libros. Era una exageración llamar a eso biblioteca, pero, en fin.

Dio un paso adelante. En el brazo de uno de los sofás había un periódico. Lo revisó, pero no era una prueba, era el periódico local de su pueblo, el Kilton Mail, abierto por un artículo sobre medidas de tráfico en la calle principal, escrito por Stanley Forbes. Fascinante.

Encima del periódico había un rollo de cinta adhesiva. Esta debió de ser la última habitación que etiquetó Jamie.

Apareció otro fantasma en la tele y crujió una duela del suelo detrás de ella. Giró la cabeza, pero solo era Zach.

—¿Has encontrado algo? —preguntó él, toqueteándose el sombrero de paja.

—Todavía no —respondió ella.

—Tiene que estar dentro de algo. Igual en un libro. —Zach cruzó la habitación hacia la repisa sobre la chimenea. Sacó un libro y pasó las páginas. Negó con la cabeza y lo volvió a dejar en su sitio.

Pip se unió a él y empezó por el extremo contrario de la repisa. Sacó una copia de *It*, de Stephen King, y pasó las páginas. Algo saltó hacia ella y se deslizó al suelo.

—¿Qué es? —preguntó Zach.

—Mierda. —Pip se agachó para levantarlo y se dio cuenta de lo que era—. No es nada. Un separador. Ups. —Apretó los dientes y volvió a meterlo por la página cuatrocientos. Se tenía que haber caído de por ahí, más o menos. Con suerte, nadie se daría cuenta, y menos el padre de Connor, que siempre estaba despistado.

Apoyó una mano en el suelo, se levantó y fue a colocar el libro en su sitio, pero se detuvo frente a la chimenea. Había algo ahí, entre los trozos oscuros de carbón. Trozos rotos de papel blanco.

—Zach, o sea, Ralph, está aquí —dijo, recogiendo los trozos de papel y esparciéndolos en el suelo—. Han intentado destruirlo.

—¿Qué es? —Él se puso de rodillas y la ayudó a sacar los últimos trozos de papel de la chimenea. Dieciocho en total.

—Todavía no estoy segura, pero todos los trozos están escritos. Parece que a máquina. Tenemos que volver a pegarlos con algo... Zach, pásame la cinta que está en el sofá.

Él se lo llevó y, con los dientes, arrancó pequeños trozos de cinta y pegó un borde en el suelo, en línea, listos y esperándola.

Pip revisó todos los trozos de papel, fijándose en los fragmentos de las palabras y reordenándolos en frases, hasta que encajaron como un rompecabezas. Sus ojos se quedaron fijos en la repetición de la palabra «legar».

—Parece el testamento de Reginald o algo así —dijo, añadiendo otro trozo para completar la fila de texto, mientras Zach colocaba la cinta entre las grietas para volver a unirlos.

Oyeron algo en el vestíbulo. Discusiones y risas. Y luego la voz de Ant.

Últimas voluntades y testamento de Reginald Remy

Yo, Reginald Remy, en plenas facultades mentales, declaro que este escrito recoge mis últimas voluntades y testamento. Por la presente, derogo todas mis voluntades y anexos que haya declarado previamente. A mi hijo, Ralph Remy, le dejo la propiedad total de mi empresa, Hoteles y Casinos Remy, para que la dirija como él crea conveniente. Además, le dejo la mansión Remy, en Joy Island, el ático en Londres y la cantidad de dos millones de libras. A mi nuera, Elizabeth Remy, le lego la cantidad de quinientas mil libras y mi caballo de carreras, Blue Thunder, ya que soy consciente de que siempre le ha encantado ir a dichos eventos.

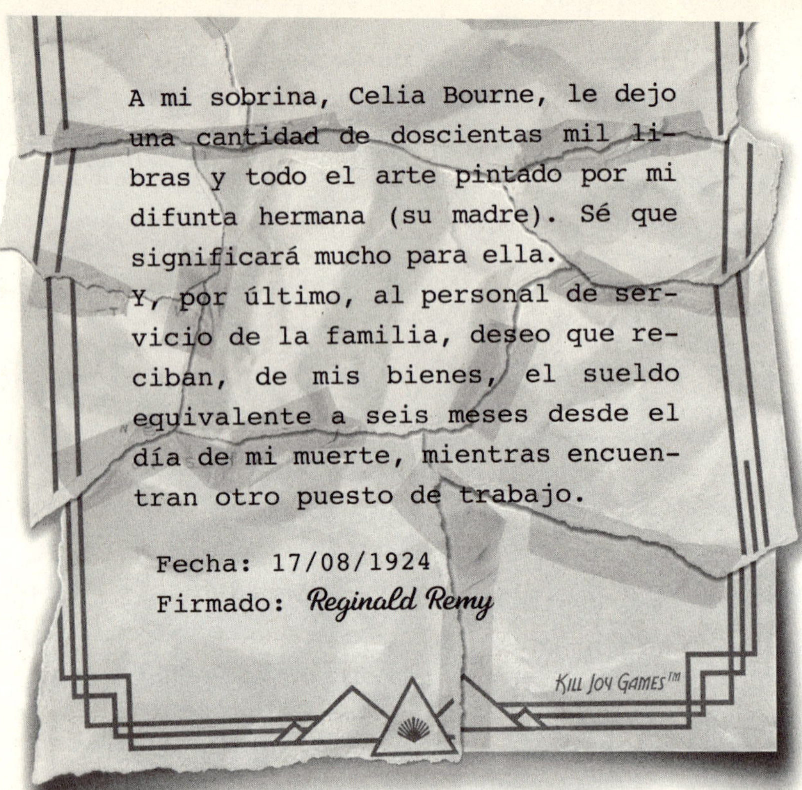

A mi sobrina, Celia Bourne, le dejo una cantidad de doscientas mil libras y todo el arte pintado por mi difunta hermana (su madre). Sé que significará mucho para ella.

Y, por último, al personal de servicio de la familia, deseo que reciban, de mis bienes, el sueldo equivalente a seis meses desde el día de mi muerte, mientras encuentran otro puesto de trabajo.

Fecha: 17/08/1924
Firmado: Reginald Remy

—Inspector, quiero denunciar un crimen muy grave: el mayordomo me ha robado el bigote.

—Ya está —dijo Pip levantando el documento pegado, brillante por la cinta y ligeramente deformado. En un lado decía «Pista N.° 2» y en el otro: «Últimas Voluntades Y Testamento De Reginald Remy».

—Deberíamos enseñárselo a los demás —dijo Zach mientras se levantaba.

Pip casi se tropieza de vuelta al comedor porque no era capaz de apartar la mirada del trozo de papel. ¿Le habría dejado algo a ella el viejo desgraciado?

—¿La tienen? —les preguntó Jamie mientras se terminaba la última orilla de pizza, y Pip le entregó el testamento como respuesta. El inspector llamó a los demás al salón y les pidió que se sentaran. Ant fue el último en llegar después de haber conseguido recuperar el bigote de las manos de Connor, aunque ahora lo tenía torcido sobre el labio.

—Celia y Ralph han encontrado algo que debieron de robar de la caja fuerte —dijo Jamie—. Celia, ¿puedes hacernos el favor de leerlo en voz alta?

Jamie apareció detrás de Pip y miró el documento por encima de su hombro.

—Parece que escribió este testamento recientemente, la semana pasada —señaló.

Pero había otra cosa que llamaba la atención. Pip lo supo incluso cuando intentaba concentrarse en leerlo en voz alta, los ojos se separaban de ella para buscar entre líneas, como si tampoco pudieran creérselo.

Levantó la mirada y les estudió las caras. ¿Alguno se había dado cuenta? Ant no, estaba demasiado ocupado acomodándose el bigote.

—¿Se dieron cuenta? —preguntó al grupo, mirándolos de uno en uno y aterrizando sobre Ant.

—¿Si nos hemos dado cuenta de qué? —preguntó.

—Robert, «Bobby» Remy —dijo Pip, entregándole el documento a Ant—. Te han sacado del testamento de tu padre.

Cinco

—Demonios. A ver. —Ant le arrebató el testamento de las manos a Pip. Ojeó toda la hoja—. Qué cabrón —anunció—. ¿En serio no me ha dejado nada? Soy su hijo mayor. ¡Hasta al servicio le ha dejado algo!

—Lo hemos encontrado en la chimenea —explicó Pip a los demás—. Alguien intentó destruirlo. Estaba hecho trizas.

—¿Estás insinuando que he sido yo? —dijo Ant a la defensiva, soltando la hoja sobre su plato vacío.

—No te deja bien parado —comentó Zach.

—¿Por qué? —respondió Ant.

Los hermanos Remy se miraron con rabia, aunque Pip se dio cuenta de que los dos estaban a punto de reírse y salirse del personaje. El bigote torcido de Ant tampoco ayudaba.

—Porque —dijo Pip— tu padre escribió un nuevo testamento la semana pasada en el que tú no apareces. Y hoy alguien ha abierto su caja fuerte y ha intentado destruir el documento, para que prevaleciera el antiguo testamento. Ah, y luego han asesinado a tu padre. Estás un poco desesperado por conseguir dinero, ¿no?

—No he sido yo —dijo Ant—. No he abierto la caja fuerte y no he destruido ese testamento.

—Mmm —añadió Cara—. Eso es justo lo que diría un asesino.

—¿Y no has dicho algo de que esta mañana tuvieron una conversación algo acalorada? —dijo Pip, leyendo las notas en

En esta ronda:

- Ralph Remy contará que escuchó a una mujer hablando por teléfono anoche, diciendo cosas muy extrañas. Te escuchó a ti, y tienes que admitirlo. Sin embargo, dirás al grupo que simplemente estabas charlando de tu contrato de trabajo y de las próximas fechas laborables con la familia para la que trabajas como ama de llaves. Tienes que sonar creíble.
- Como respuesta, debes contarle al grupo que escuchaste una conversación sospechosa entre Ralph y su padre de camino a hacer esa llamada. Al pasar por el estudio, los escuchaste hablar a gritos. Algunas de las frases que escuchaste decir a Ralph fueron: «Me niego a hacer eso, padre», «Este plan es ridículo y jamás saldrá bien» y «No se saldrá con la suya».

su libreta—. ¿Fue acalorada porque te dijo que te había desheredado?

—No. —Ant se llevó una mano al cuello de la camisa—. Siempre teníamos conversaciones acaloradas.

—Todo esto es muy interesante —dijo Jamie mirando el libreto—. Y, hablando de conversaciones acaloradas, me pregunto si alguien más ha escuchado algo este fin de semana. Algo que, ahora, a la luz del homicidio, pueda parecer sospechoso o fuera de lugar. Por favor, echen un vistazo a la página dos de su libreto, pero no avancen más.

Pip se fue hacia su asiento mientras se quitaba la boa de plumas, y pasó a la página siguiente.

Pip terminó de leer y subió la mirada. De reojo vio que Cara la estaba observando detenidamente con una sonrisa en la cara. Pip se llevó el libreto abierto contra el pecho para que Cara no pudiera leer nada. ¿Qué sabía Cara? ¿O Pip simplemente estaba paranoica, dándole demasiada importancia?

«Tienes que sonar creíble». Eso debe significar que no era verdad. ¿Por qué mentía Celia? ¿Qué tenía que esconder? Ahora Pip tendría que mentir y esconderlo también.

—A ver. —Ant carraspeó—. Yo ayer escuché a mi padre hablando con el mayordomo. —Connor se estiró en su silla—. Tranquilo, nada demasiado grave. —Ant sonrió—. Solo recuerdo que mi padre te estaba diciendo que temía que llegara su cumpleaños. Evidentemente, todos sabemos por qué, teniendo en cuenta lo que ocurrió este día el año pasado.

La mesa se quedó en silencio.

—Yo no sé qué pasó el año pasado —dijo Jamie—. ¿Serían tan amables de ponerme al día?

—Pues —Ant miró a Jamie— se produjo un accidente.

Un movimiento repentino hizo que Pip dejara de mirar a

Ant. Zach se acababa de estremecer en su silla y se estaba pasando la mano por el brazo. Debía de haber sido una mosca o algo por el estilo.

—Estaba toda la familia en la mansión Remy para celebrar el cumpleaños de mi padre —continuó Ant—. Por la tarde, me fui a dar un paseo por la finca con mi madre, Rose Remy. Fue un paseo normal y agradable de domingo, quizá hacía un poco de viento. No sé realmente cómo ocurrió, fue un terrible accidente.

Zach volvió a estremecerse y le dio sin querer una patada a la mesa. Pip entrecerró los ojos y lo analizó desde el otro lado. Dos veces en cuestión de treinta segundos, era muy raro. Volvió a reproducir mentalmente las palabras de Ant. Un momento, había un patrón. Zach se había estremecido las dos veces al escuchar la palabra «accidente». ¿Lo estaba haciendo a propósito o simplemente ella estaba dándole demasiada importancia a algo que no la tenía?

—Creo que yo iba caminando delante de ella, porque no vi lo que pasó —dijo Ant—. Pero la escuché gritar y me giré justo cuando se caía por el acantilado. Estábamos muy arriba. Los médicos dijeron que murió en el acto. —Bajó la mirada y suspiró—. No sé si se tambaleó o se tropezó o qué. Fue un terrible accidente.

Pip esta vez estaba preparada, con los ojos bien abiertos y fijos en Zach. Él se estremeció de nuevo y se pasó los dedos por la nuca, mirándola a los ojos durante menos de un segundo. Sí, lo estaba haciendo a propósito, ya había ocurrido demasiadas veces como para que fuera una coincidencia. Tenía que ser una instrucción de su libreto, reaccionar físicamente cada vez que su hermano dijera la palabra «accidente». Pero ¿qué significaba? Bueno, era evidente que Ralph Remy no creía que la muerte de su madre hubiera sido un accidente. A lo mejor pensaba, en secreto, que Bobby la empujó, que la había asesinado.

Pip tomó su libreta y apuntó todo esto en viñetas apresuradas.

—Padre no volvió a ser el mismo después de su muerte —dijo Ant en voz baja.

—No. —Zach le dio unas palmaditas en la espalda—. Fue todo muy extraño. Paseaba por los acantilados todos los días. Siempre tenía mucho cuidado, jamás se acercaba al filo.

—Exacto —coincidió Ant, aunque Pip estaba segura de que las palabras de Zach significaban otra cosa muy, muy distinta. Creía que su hermano la había matado. Y ahora también habían asesinado a su padre. Esto sí que era una familia disfuncional. Quizá era mejor que nunca hubiera sido bien recibida.

—Qué tragedia. —Jamie asintió con solemnidad—. La tragedia ha golpeado dos veces en el cumpleaños de Reginald. ¿Alguien más ha oído algo extraño o sospechoso este fin de semana?

Zach levantó la mano. Genial, estaba a punto de ponerse en su contra.

«Pon cara de poker, Pip».

—Sí, yo... —dijo con indecisión, leyendo de su libreto—. Anoche, bastante tarde, oí una voz abajo, en el pasillo, de camino a mi habitación. Era la voz de una mujer, y creo que estaba hablando por teléfono. Escuché un rato. No paraba de decir números, no sé, cinco, treinta y uno, doce, siete, etcétera. Sin ningún tipo de orden. Fue muy raro. —Hizo una pausa—. Y luego bajó la voz y empezó a susurrar, y ya no pude escuchar nada, solo que repetía una y otra vez la palabra «liquidar». —Miró nervioso a Pip—. No era la voz de Lizzie, y dudo mucho que fuera la cocinera...

—Si vas a acusarme de algo, podrías hacerlo con un poco más de convicción —dijo Pip con su sonrisa más dulce y afilada.

—Okey. Era tu voz, Celia —dijo—. ¿Qué estabas haciendo? ¿Con quién hablabas?

—Te vas a sentir como un idiota —dijo Pip—. No pasaba absolutamente nada sospechoso. Solo estaba hablando con mi jefe. Nunca te ha interesado demasiado, primo, pero, como dije antes, trabajo de ama de llaves y enseñando a los hijos de una familia adinerada. Como es evidente, tuve que tomarme unos días libres para venir al cumpleaños de mi tío. Estaba revisando el contrato con mi jefe y diciéndole cuándo iba a volver, porque, obviamente, no quiero que me diga que va a «liquidar» mi contrato. Y, en cuanto a los números, me preguntó por las fechas de los exámenes de Matemáticas de su hijo.

—Un poco tarde para hablar por teléfono con tu jefe —comentó Lauren, acudiendo en ayuda de su marido.

—Las amas de llaves trabajamos veinticuatro horas al día, Lizzie —dijo Pip—. Aunque dudo que tú lo entiendas, es mucho más fácil vivir cómodamente del patrimonio de tu familia política.

—¡Zas! —Cara se rio y puso la mano para chocar los cinco.

—Pero me alegro de que hayas sacado el tema de conversaciones sospechosas, Ralph —dijo Pip, apoyando los codos sobre la mesa y posando la barbilla en los nudillos—. Porque yo también escuché a uno de ustedes cuando me dirigía a hacer dicha llamada telefónica.

—Ajá, esto se pone interesante —dijo Connor, agarrando con torpeza su pluma, aunque todavía no había escrito nada.

—Estabas con tu padre en el estudio, el lugar del asesinato, teniendo una discusión.

—¿Es eso cierto? —preguntó Zach cruzándose de brazos.

—Sí. Y escuché alguna que otra frase bastante concreta

de las palabras tensas que intercambiabas con tu padre. —Echó un vistazo a su libreto para decirlo bien—. En una ocasión le dijiste: «Me niego a hacer eso, padre». Luego dijiste: «Este plan tuyo es ridículo y jamás saldrá bien». Y lo último que te escuché decir antes de alejarme fue: «No se saldrá con la suya». Ahora explica eso con un hombre al que asesinaron menos de veinticuatro horas después.

—Pues sí, lo explico —dijo Zach, intentando poner la mirada recelosa que habría tenido Ralph, pero que se asemejaba más a una sonrisa—. Estábamos hablando de negocios, ¿de acuerdo? Seguíamos trabajando juntos asuntos del imperio de hoteles y casinos, en la toma de decisiones. La realidad es que el negocio no ha estado yendo muy bien últimamente, y la competencia, la familia Garza, nos está presionando muchísimo.

Cara resopló a la izquierda de Pip, y la distrajo. O a lo mejor había oído otra cosa. Como un golpe sordo o un estallido amortiguado fuera. Seguramente no fuera nada, y Zach ya estaba hablando de nuevo.

—Como bien saben todos, la familia Garza lleva mucho tiempo siendo nuestro rival, y la situación se ha vuelto aún menos amable desde la muerte de madre. —Zach miró al inspector para explicarle—. Nuestra madre era amiga, bueno, más bien tenía una relación cordial, con la esposa del señor Garza. Pero últimamente habían tenido alguna que otra diferencia, sobre todo, porque nosotros ganamos más dinero que ellos... por poco. Padre y yo tuvimos un desacuerdo con respecto a una estrategia de negocio para que la gente siguiera acudiendo a nuestros casinos, y no a los de los Garza, eso es todo. Teníamos conflictos empresariales muy a menudo, pero siempre los solucionábamos.

—¿Y eso de «no se saldrá con la suya»? —preguntó Pip.

—Eso fue durante una conversación ligeramente diferente

—admitió Zach—. Padre me dijo que había revisado los libros de cuentas y que parecía que alguien estaba robando dinero del casino de Londres, uno de los empleados.

El lado de la mesa no vinculado con los Remy miró al lado de los Remy.

—Oye, Bobby no tiene nada que ver —dijo Ant—. Papi me despidió hace años. Yo no soy.

—¿Alguien está robando? ¿En mi casino? —preguntó Lauren.

—Querrás decir el casino que diriges, Lizzie —corrigió Pip.

Zach asintió.

—Así que simplemente le dije que lo investigáramos y que el ladrón no se saldría con la suya o algo así. Tampoco es nada sospechoso. —Levantó las manos.

Entonces Pip lo volvió a oír. O pensó que lo había oído, algo fuera. Miró por la ventana. Ya había oscurecido, casi por completo.

—¿Qué pasa? —le preguntó Cara.

—Creo que he oído algo fuera —dijo.

—¿Qué? —dijo Lauren, olvidándose del tono arrogante de Lizzie Remy.

—No estoy segura.

Se quedaron todos expectantes, escuchando, pero el *jazz* estaba demasiado fuerte y el saxofón ahogaba todo lo demás.

—Alexa, pausa la música —gritó Connor.

La música se apagó y Pip aguzó el oído. La habitación quedó a la espera en un ruidoso silencio: las respiraciones de los demás, el sonido de la lengua moviéndose dentro de la boca, el silbido del viento.

Y entonces volvió a pasar.

Un golpe fuera, en el jardín cada vez más oscuro.

Seis

Connor apretó la cabeza contra su hermano, y el pánico aumentaba en el negro de sus ojos.

Jamie les dijo que esperaran un momento, antes de que se le partiera la cara en dos con una sonrisa.

—Dios mío, son unos miedosos —dijo—. Solo es la puerta del cobertizo. A veces da portazos con el viento. No pasa nada.

—¿Estás seguro? —dijo Lauren, y Pip se dio cuenta de que tenía el brazo enganchado en el de Ant.

—Sí. —Jamie se rio y luego añadió—: Ay, la juventud de hoy en día.

—Bueno, perdónanos por haber crecido en la ciudad del crimen —respondió Lauren, recuperando su brazo mientras miraba incómoda a Ant.

—Igual son fantasmas —dijo Ant con las mejillas sonrojadas—. Yo sé de dos espíritus vengativos que podrían encajar.

—Ant... —dijo Cara con un tono de advertencia.

—No pasa nada —dijo Jamie—. Ignórenlo. ¡Alexa! ¡Vuelve a poner la música y sube el volumen! ¿Ven? Ya casi no se oye nada. Esta noche no va a haber ningún asesino real, muchachos. En fin, volvamos a 1924. —Se colocó el casco y Pip volvió a tomar su pluma—. Como todo buen detective sabe, un asesino debe tener un motivo. Me pregunto si alguno de los que están aquí le guardaba algún rencor al difunto Reginald

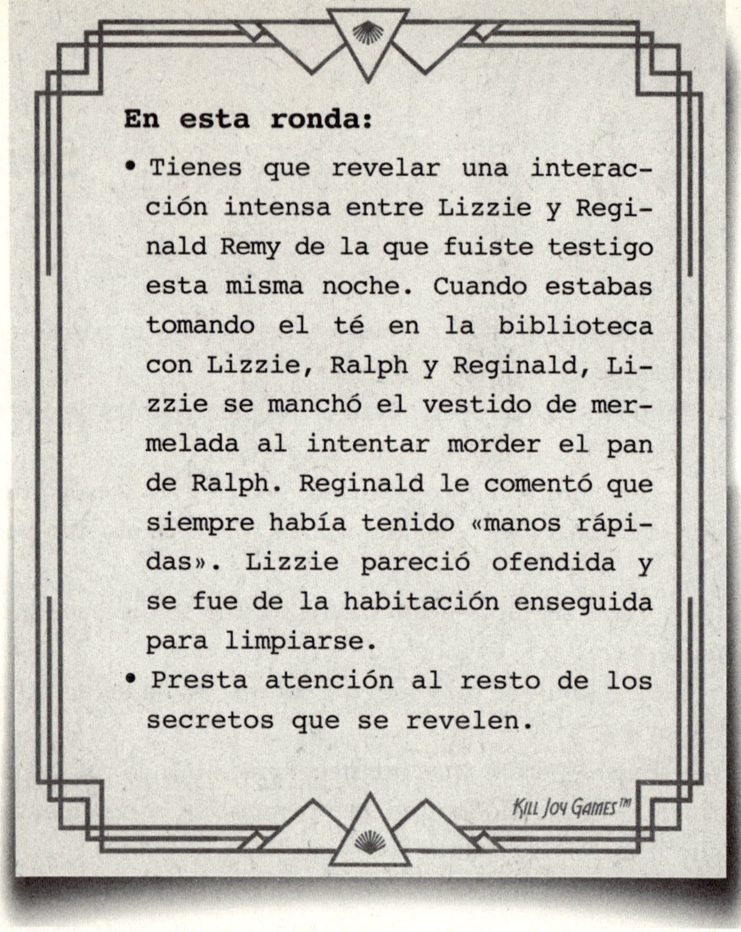
En esta ronda:

- Tienes que revelar una interacción intensa entre Lizzie y Reginald Remy de la que fuiste testigo esta misma noche. Cuando estabas tomando el té en la biblioteca con Lizzie, Ralph y Reginald, Lizzie se manchó el vestido de mermelada al intentar morder el pan de Ralph. Reginald le comentó que siempre había tenido «manos rápidas». Lizzie pareció ofendida y se fue de la habitación enseguida para limpiarse.
- Presta atención al resto de los secretos que se revelen.

Remy. Si tienen alguna razón para odiarlo. Por favor, pasen a la siguiente página.

Pip levantó la mirada y se le fueron los ojos hacia Lauren, que estaba leyendo su libreto mientras se mordía el labio con concentración. Luego Lauren la miró directamente a los ojos, y a Pip se le hundió el estómago. Se sostuvieron la mirada un buen rato, hasta que Lauren resopló y dejó de mirarla torciendo la boca.

¿«Manos rápidas»? Eso se decía de alguien que robaba, ¿no? «Un ladrón. Mierda».

Pip tomó su libreta y empezó a escribir. Las manos intentaban seguirle el ritmo a la mente.

Reginald y Ralph hablaron anoche de que alguien estaba robando en el casino de Londres, el que dirige Lizzie Remy. Y esta noche Reginald dijo que tenía «manos rápidas».

¡Seguro creía que era ella la que estaba robando! Y, a juzgar por la reacción de Lizzie, quizá Reginald tenía razón con lo del dinero. Y si Lizzie sabía que Reginald lo sabía... Era motivo suficiente para matarlo. La única otra opción habría sido la cárcel.

Los pensamientos de Pip se vieron interrumpidos por el carraspeo de Zach, que estaba a punto de lanzarse a soltar un discurso en el papel de Ralph.

—En fin, inspector, si se refiere a algún problema dentro de la familia, me temo que entre mi hermano, Bobby, y mi padre había muchos. Y han quedado evidenciados, sin duda, por su desheredamiento.

Ant reaccionó hundiéndole un dedo a Zach en la cara, demasiado cerca del ojo.

Zach se apartó.

—Ay.

—Un poquito de amor fraternal —dijo Ant arrastrando las palabras.

—En fin —continuó Zach—. Este asunto empezó hace varios años, cuando Bobby aún trabajaba para mi padre y seguía siendo heredero del imperio. Al estar rodeado de casinos todo el día, Bobby desarrolló una grave adicción al juego. Tenía muchísimas deudas y siempre estaba pidiendo préstamos. Cuando los bancos no le concedieron más, optó por una fuente algo menos respetable. Le pidió dinero a una banda de usureros y luego, por supuesto, lo perdió todo apostando. Al no poder devolverles el dinero, los usureros amenazaron con matarlo. Así que mi padre rescató a Bobby y saldó todas sus deudas para salvarle la vida. Pero, desde aquel día, mi padre prohibió que Bobby trabajara o tuviera nada que ver con el negocio familiar. Dijo que seguiría pagándole un sueldo mensual para que viviera cómodamente, pero si volvía a jugar, aunque fuera una sola vez, padre prometió quitarle el ingreso para siempre. Le dio un ultimátum.

—Sí. —Ant asintió—. Todo esto es verdad. Le pedí dinero prestado a la gente equivocada; la banda se llamaba East End Streeters, por si es de interés. Pero no sé por qué crees que eso significa que le guardaba rencor a nuestro padre. Me salvó. Y, es más, siguió pagándome por no hacer nada. Literalmente era la situación perfecta para mí. No hay ningún rencor por mi parte.

—Ah —dijo el inspector Jamie, leyendo su guion—. Los East End Streeters juegan muy sucio. En Scotland Yard hemos tenido muchos encontronazos con ellos. También se dedican al tráfico de cocaína, entre otras actividades de cuestionable legalidad. A principios de este año, uno de mis compañeros estuvo trabajando de incógnito para rastrear a sus narcotraficantes pero debieron de darse cuenta. Lo asesinaron de un disparo en plena calle. Es mejor no meterse en líos con ellos. Me alegro de que consiguieras solucionar la situación y salir ileso, Bobby.

—Gracias, inspector.

«Lambiscón», pensó Pip mientras rellenaba otra página en su libreta.

—¿Conoce alguno a alguien que pudiera tenerle rencor a Reginald? —preguntó Jamie.

Pip levantó la mano.

—Esta misma noche —dijo, evitando la mirada de Lauren—, Ralph y yo estábamos tomando un té con unos panes en la biblioteca con Reginald, como ya le hemos comentado. Lizzie se manchó de mermelada la ropa y una mano al querer morder el pan de Ralph, e hizo un drama; Reginald la miró y le dijo algo así como que siempre había tenido «manos rápidas». —Pip hizo una pausa—. Se podía cortar la tensión con un cuchillo. Lizzie pareció ofendida y se excusó para marcharse.

—Así que «manos rápidas», ¿eh, Lizzie? —dijo Cara, enarcando las cejas.

—Se dice de la gente que roba —aclaró Pip.

Cara se desanimó.

—Ah, eso no tiene gracia.

Lauren se rio, haciendo un gesto despreocupado con la mano.

—No es cierto. No había tensión, y no entiendo muy bien lo que estás queriendo insinuar. —Se quedó mirando fijamente a Pip—. A Reginald le encantaba bromear conmigo, ya que era su única nuera, y siempre tomo comida de los demás, de ahí lo de «manos rápidas».

—No lo sé, Rick... —dijo Cara imitando el meme—. En fin, yo también tengo algo que agregar.

Todos en la mesa se giraron para escucharla y apareció Dora Key, la cocinera. Cara se irguió todo lo que pudo y se acomodó el delantal.

—Como somos el único personal de servicio, Humphrey y yo solemos quedarnos conversando cuando terminamos de trabajar. Para pasar el rato. Y, bueno —miró más allá de Pip, hacia el sitio de Connor—, esta última semana, nuestras conversaciones han tomado un tono ligeramente oscuro. Muy desagradable, teniendo en cuenta lo que ha ocurrido.

—¿Qué? —dijo Pip, impaciente.

—Pues resulta que, a principios de esta semana, Humphrey se estaba quejando del señor y le dije: «Oye, no es para tanto», a lo que Humphrey respondió: «Lo odio». Que alguien ahogue un grito, por favor.

Jamie y Zach le concedieron su deseo con entusiasmo. Pip estaba muy ocupada escribiendo.

—Eso, muchas gracias. —Cara asintió hacia ellos—. Pero eso no es lo peor.

—¿Hay más? —dijo Ant, mirando a Connor—. Las cosas no pintan muy bien para ti, ¿eh, Humphrey? Siempre es el mayordomo.

—Mucho más —dijo Cara, mirándolos de uno en uno con dramatismo—. Hace apenas un par de días, Humphrey estaba hablando sobre Reginald Remy, me miró con un brillo horrible en los ojos, y me dijo: «Ojalá estuviera muerto».

Siete

La habitación se quedó en silencio, excepto por las notas graves y agudas de las trompetas de fondo mientras Connor se retorcía en su silla.

—Muchas gracias, Dora, por revelar nuestras conversaciones privadas —dijo Connor, haciendo énfasis en la última palabra.

—Tenía que contar la verdad. —Cara levantó las manos—. Hay un hombre muerto.

—Sí, pero no lo he matado yo.

—¿Es verdad? —preguntó Pip—. ¿Dijiste eso? ¿Deseaste la muerte de Reginald?

—Sí, pero no lo dije en serio. —Connor se apartó el moño blanco del cuello, como si este le impidiera respirar—. Solamente me estaba desahogando. Estoy seguro de que gran parte de los mayordomos han dicho algo parecido de sus señores. Y, bueno, estaba enfadado con él porque, hace un par de semanas, le pedí que me diera unos días libres y se negó rotundamente. Dijo que estaba demasiado ocupado como para concedérmelos en ese momento sin previo aviso, dio igual cuánto se lo rogara.

—¿Por qué querías unos días libres? —preguntó Pip, con la pluma preparada y expectante sobre la hoja.

—Para ir a visitar a mi hija. Apenas la veo. Y ahora que... Era importante para mí, y estaba enfadado, es todo. Pero eso no me convierte en un asesino.

—Pero sí te convierte en sospechoso —dijo Ant.

—Mira quién habla, Bobby —respondió Pip.

—Bueno, ya que estamos hablando de sospechosos —Connor se desabrochó el moño y señaló a Cara con un dedo—, hablemos de Dora Key, ¿no? Ya que tú has decidido contar mis secretos...

—Por mí no hay problema. Soy un libro abierto. Un recetario abierto —dijo Cara guiñando un ojo.

Pip estaba entre los dos. Echó su silla hacia atrás para poder observar el altercado.

—¡No me digas! —Connor juntó las yemas de los dedos—. Muy bien, a ver qué te parece esto. A Dora Key la contrató Reginald hace tan solo seis meses. Yo conocía a la anterior cocinera muy, muy bien, llevábamos quince años trabajando juntos. De pronto, un día, sin motivo aparente, dimitió. Nunca me dijo nada de querer irse. Y, mientras se marchaba, justo antes de subir al barco hacia la península, me dijo que alguien la estaba obligando a dimitir, que la habían amenazado de muerte, pero que no me podía decir quién. Y, dos días después, apareció Dora Key. La nueva cocinera. Y cocinas fatal, así que... ¿quién eres y por qué estás aquí en realidad?

—¿Cómo te atreves? ¡He preparado pizzas de Domino's! —dijo Cara, esforzándose por no sonreír—. ¡Hasta una Pepperoni Passion!

—Silencio, por favor —intervino Jamie, haciéndolos callar—. Ha quedado claro que aquí hay muchos secretos. Y puede que algunos de ellos estén relacionados con el asesinato. Pero, antes, tienen que conocer su propio gran secreto. Por favor, pasen a la siguiente página con cuidado de que nadie lo vea.

La silla de Pip rechinó contra el suelo cuando se movió de nuevo hacia la mesa.

—¿Puedo ir a hacer pis antes de pasar a la siguiente parte? —preguntó Ant—. Voy a explotar.

Jamie asintió.

—Sí, claro. Los demás pueden ir leyendo sus secretos mientras esperamos.

A Pip se le fue el corazón a la garganta al tomar su libreto. *¿Cuál era su mayor secreto? ¿Qué estaba escondiendo Celia Bourne?*

Giró la página.

Pip dejó el libreto bocabajo y se negó a levantar la mirada por si alguien la estaba observando y pudiera leer su secreto en la cara. Robárselo a través de los ojos. Una estupidez, sí, pero, aun así, no miró.

Una espía. Le había dado la impresión de que guardaba un secreto bastante grande, pero ¿una espía? Eso cambiaba todo. Y, durante esa conversación telefónica con el gerente, Ralph la había escuchado decir «liquidar». ¿Y si le habían dado órdenes para liquidar a Reginald Remy si encontraba alguna prueba de su traición? ¿Y si ella era la asesina? ¿Era posible? ¿Celia Bourne tenía lo que se necesitaba para matar a alguien?

Volvió al momento presente cuando los demás ya habían vuelto a hablar. A lo mejor ya podía levantar la mirada. Nadie le estaba prestando atención, pero se sentía observada y se le erizó el vello de la nuca.

—¿Puedo mirar mi teléfono un segundo, Connor? —preguntó Lauren—. Seguramente Tom me esté escribiendo y se pregunte por qué lo estoy ignorando.

—No —respondió Cara—. Sabe que estás en una fiesta sobre un asesinato. Puedes estar unas cuantas horas sin hablar con tu novio, no te vas a morir. Estoy segura. A no ser

Tu secreto

No eres quien dices ser, Celia Bourne. Has mentido todo este tiempo, no eres ama de llaves.

Eres una espía que trabaja para el Servicio Secreto de Su Majestad. Hace unas semanas, el director contactó contigo y te ofreció una interesante suma de dinero y un puesto permanente si investigabas a tu tío, Reginald Remy. El gobierno sospechaba que estaba relacionado con los comunistas y que había estado involucrado en actividades rebeldes. Creen que le pudo pagar recientemente una gran suma de dinero a un conocido minero y activista comunista, Harris Pick.

Tu misión era encontrar las pruebas de la transferencia del dinero.

Kill Joy Games™

Fuiste **tú** quien abrió la caja fuerte después de salir de la biblioteca antes de que Reginald volviera a su estudio a las 17:15.

Robaste la chequera de Reginald de la caja fuerte. No había nada más, ni siquiera el testamento. Cuando Ralph te escuchó hablar por teléfono, estabas hablando en clave con dicho director.

Tienes que guardar el secreto.

Si alguien averigua que tú abriste la caja fuerte, tienes que mentir sobre por qué lo hiciste. Di que solo estabas buscando una antigua foto tuya con tu madre que creías que tu tío guardaba en la caja fuerte. Solo tomaste la chequera porque querías ver cuánto le estaba pagando Reginald a los demás miembros de la familia, ya que siempre has estado resentida por eso.

KILL JOY GAMES™

que asesinaras a Reginald Remy, en cuyo caso lo más probable es que te ahorquen.

—A ver, ¿han leído todos sus secretos? —dijo Jamie—. Ah, esperen, Ant no ha vuelto todavía.

Connor resopló y se quedó mirando la puerta abierta.

—Está tardando mucho. No ha bebido tanto como para desmayarse, ¿no? Voy a ver. —Salió del comedor y sus pasos se perdieron bajo la música. Pero no estaba lo bastante fuerte como para tapar el sonido del viento de fuera, que silbaba contra la casa y golpeaba la puerta del cobertizo.

Pip se giró hacia las ventanas, pero fuera ya estaba completamente negro. Solo vio su propio reflejo; a Cara haciéndole unas orejas de conejo sobre la cabeza, y las llamas titilantes de las velas. Miró a los ojos a la Pip del reflejo, atrapada en la oscuridad del exterior, hasta que vio volver el reflejo de Connor.

—No encuentro a Ant —dijo—. He mirado en los baños de abajo y de arriba. No está. Ha desaparecido.

—¿Qué? —dijo Pip—. Tiene que estar en algún sitio.

—No. He mirado por todas partes.

—¿Por todas partes?

—Bueno, no. En todas las habitaciones, no.

Jamie se puso de pie, tomando el mando.

—Vamos, Con —insistió—. Vamos a buscar otra vez.

Los hermanos salieron del comedor y la voz de Jamie navegó por toda la casa.

—¿Ant? ¿Dónde te has ido, payaso?

Cara miró a Pip.

—¿Qué pasa? —preguntó, abandonando la voz de Dora.

—No lo sé. —Pip odiaba pronunciar esas tres palabras.

—No ha podido ir a ningún sitio —dijo Zach, pero él tampoco parecía seguro.

—¿Ant? —El grito de Connor sonó amortiguado por las

alfombras y las paredes, pero tenía una melodía alarmante en el tono—. ¡Ant! ¡ANT! —La palabra sonaba cada vez más fuerte a medida que Connor se acercaba de nuevo al comedor. Jamie iba detrás.

Hubo un silencio incómodo y expectante. La música parecía diferente, en cierto modo. Había cambiado. Las notas agudas de las trompetas sonaban como una amenaza.

—Pues no... no está —dijo Jamie—. Hemos mirado en todas las habitaciones.

—¿Ha desaparecido? —Lauren se tocó nerviosa el collar de perlas—. ¿Cómo es posible?

Pip se levantó. No iba a ningún sitio, pero ya no estaba cómoda sentada. Por el rabillo del ojo vio a su oscuro reflejo ponerse de pie, mientras la miraba también de reojo. No es de extrañar que se sintiera observada.

—¿Cómo ha podido irse? Habríamos oído la puerta —dijo Cara, mirando a Jamie, que solo pudo responder encogiéndose de hombros.

—Connor, tienes que devolvernos los teléfonos —dijo Lauren—, para que podamos llamar a Ant.

—¿Cómo vamos a llamarlo si también tengo su teléfono? —respondió Connor un poco molesto.

Al ver el reflejo de la escena desarrollarse en la ventana, Pip tuvo una idea. Todo esto... era una actuación. Un juego. No era real, como tampoco lo eran todas esas personas en el reflejo vestidas de los años veinte.

—Jamie —dijo Pip—, ¿esto forma parte del juego? ¿La desaparición de Ant?

—No —respondió con la cara inexpresiva.

—¿Decía algo en el libreto de Bobby? —dijo ella, buscando con los ojos el libreto, que estaba sobre el plato de Ant—. ¿Decía algo de que se escondiera? ¿Es el siguiente en morir?

—No —dijo Jamie, levantando las manos y con la mirada completamente seria—. Les juro que esto no forma parte del juego. No debería estar pasando. Lo prometo.

Pip le creyó al notar cómo iba aumentando la preocupación por las líneas que se habían formado en la cara de Jamie.

—¿Dónde se ha podido meter? Fuera está muy oscuro. —Pip señaló hacia la ventana—. Y no lleva el teléfono. Aquí pasa algo.

—¿Qué hago? —preguntó Jamie. Parecía que se estaba encogiendo, que había rejuvenecido seis años hasta ser uno más de ellos—. No...

Pero Pip no pudo escuchar lo que dijo después.

La habitación estalló con un violento golpe proveniente de la ventana.

Había alguien fuera. Alguien a quien no veían. Golpeando la ventana. Una y otra vez. Cada vez más rápido. Tan fuerte que parecía que el cristal se iba a desquebrajar en el marco.

—¡Por Dios! —gritó Lauren, tambaleándose hacia la pared del fondo y tirando la silla al suelo.

Pip no veía nada. Estaba demasiado oscuro fuera y había demasiada luz dentro. Solo veía su reflejo y sus ojos aterrados. Aquí dentro estaban ciegos. Atrapados. Y había alguien fuera, alguien que lo podía ver todo.

Antes de notarlo, Pip vio al reflejo de Cara buscarle la mano.

Los golpes se aceleraron, cada vez más fuertes, y el corazón de Pip latía cada vez más rápido para mantener el ritmo, intentando salírsele del pecho. Demasiado rápido. ¿A lo mejor había más de una persona fuera?

Y, tal y como aparecieron, los golpes cesaron. El cristal dejó de temblar. Pero Pip todavía lo sentía, como si estuvieran dentro de ella, escondiéndose en la base de la garganta.

—Qué... —empezó a decir Connor con un ligero temblor en la voz.

Luego el exterior se inundó de luz, que los deslumbró a través de la ventana, y Pip se cubrió los ojos para protegerse del destello.

Ocho

—¿Qué demonios...?

Pip parpadeó hasta que se le acostumbraron los ojos a la luz que entraba desde el jardín y empezó a enfocar a la silueta que resaltaba contra ella.

Parpadeó de nuevo y a la forma le salieron brazos y piernas. Había una persona fuera, frente a la ventana.

Era Ant.

Con una mirada avergonzada por encima del estúpido bigote torcido y mirando continuamente hacia atrás para buscar el sensor de movimiento que debía de haber activado.

—¡Maldición! —Jamie parecía enojado. Tiró el libreto contra la mesa y miró a su hermano.

Connor suspiró.

—Lo siento. No deja de hacer bromitas.

—Pues que las haga en sus fiestas —dijo Jamie—. Ahora no nos va a dar tiempo de terminar antes de que recojan a todo el mundo.

—Lo siento, Jamie. Sé que has trabajado mucho esta noche. —Connor se giró hacia la ventana y gritó—: ¡Ant, entra de una vez, pedazo de imbécil! —añadió a regañadientes mientras Ant se apartaba de la ventana y se iba hacia la puerta de la cocina, por donde debía de haber salido.

—No ha tenido ninguna gracia —dijo Lauren, colocando la silla y volviendo a sentarse.

—¡Hola! —dijo Ant sin aliento al volver a entrar en la

habitación—. Caray, ha sido graciosísimo. Hubieran visto sus caras. Lauren, parecía que te habías cagado encima.

—Púdrete —le dijo ella, pero la sonrisa ya había aparecido. Sin duda le duraba poco el enojo.

—Y Pip —Ant la miró—, tú no parabas de mirarme directamente. Pensaba que me podías ver.

—Mmm —fue todo lo que murmuró ella, regañando a su corazón e intentando que se relajara.

—Bueno —dijo Zach—, al menos ha sido solo una broma y a Ant no lo ha asesinado algún intruso de forma brutal.

Zach el mediador, como siempre. Aunque Pip no sabía si estaba de acuerdo con él.

—En fin —dijo Jamie, levantando la voz—. Tenemos que seguir, o no conseguiremos llevar al asesino ante la justicia. Si Bobby Remy ha terminado de hacerse el idiota, vamos a continuar. —Abrió el libreto y revisó la página—. Bueno, a ver. Ahora que todos conocen sus mayores secretos, que deben proteger cueste lo cueste, ha llegado el momento de revelar los secretos que puedan saber de los demás sospechosos. Por favor, siéntense y pasen a la siguiente página de su libreto.

¿Cómo? Pip volvió a leer el último punto. *¿Qué clase de espía era Celia Bourne?* Pip nunca sería tan estúpida. Y ahora tenía que ir a solucionarlo antes de que la descubrieran.

El armario del pasillo, ahí estaba la sala de billar. ¿Cómo iba a salir del comedor sin levantar sospechas? Y sobre todo después de la broma de Ant.

—Bueno... —Connor habló como Humphrey el mayordomo—. Si vamos a hablar de secretos, supongo que yo sé uno. Uno bastante jugoso.

—Escupe, Humph —dijo Cara.

—No quiero ser inapropiado —Connor agachó la cabeza— y prometo que no estaba espiando.

Pip se estremeció y ni siquiera tuvo que fingirlo porque le sorprendió que la palabra apareciera tan rápido. Le dio un golpe a su copa con la muñeca, pero la agarró antes de que se cayera, justo cuando Connor la estaba mirando.

En esta ronda:

- Si alguien dice la palabra «espía» o «espiando» en la siguiente conversación, tienes que estremecerte visiblemente cada vez que pase.
- En la siguiente conversación tienes que llamar «comunista» a alguien al menos una vez.
- ¡Oh, no! Parece que has dejado alguna prueba que te señala directamente como la persona que abrió la caja fuerte de Reginald. Dejaste la chequera de Reginald en la sala de billar antes de cenar. En algún momento de esta ronda, tienes que escabullirte para ir a recoger esta prueba antes de que alguien la encuentre. Recuerda tu entrenamiento, agente Secreto Bourne.

Kill Joy Games™

—Perdón —susurró.

—Ayer por la tarde, a última hora, estaba paseando por la casa, haciendo mis tareas, cuando escuché... Bueno, desde una de las habitaciones de arriba, escuché a un hombre y a una mujer... En fin, creo que escuché... «relaciones».

—Hay una pareja casada en la casa. Ralph y Lizzie. —Pip señaló a Zach y a Lauren.

—Sí, por supuesto, señorita. —Connor volvió a agachar la cabeza—. Solo que yo iba de camino al salón cuando escuché estas... relaciones... y el señorito Ralph estaba en el salón en aquel momento, jugando al ajedrez con su padre.

Cara ahogó un grito exagerado de nuevo mientras señalaba a Lauren.

—¿Por qué me señalas a mí? —Lauren parecía ofendida—. Podría haber sido cualquiera.

—Yo desde luego que no. Soy una cocinera humilde de cien años —respondió Cara.

—Pues podría haber sido Pip, digo, Celia.

—Mmm, no. —Pip pensó en voz alta—. Si Humphrey el mayordomo, Ralph Remy y Reginald Remy estaban todos abajo en ese momento, solo podía haber sido un hombre: Bobby.

Todos miraron a Ant, quien intentó mantenerse impasible mientras se acariciaba el bigote a conciencia.

—Entonces, ¡a lo mejor eran Pip y Ant! —dijo Lauren, más fuerte de lo necesario.

—Bobby Remy es mi primo —le recordó Pip.

—Y-ya... sa-sabes —tartamudeó Lauren—. Existe algo llamado incesto.

—Yo creo que estás protestando demasiado, Lizzie, querida —dijo Pip, presionando la pluma de una forma que esperaba que resultara molesta—. Está bastante claro quiénes estaban teniendo esas... relaciones. Me alegro de que estés tan unida a tu cuñado. Oh —miró a Zach—, lo siento, Ralph. Ha debido de ser duro para ti oír algo así.

Zach sonrió.

—Estoy devastado.

—Lo niego fervientemente —dijo Lauren avergonzada y alejando su silla de Ant. «El arte imita la vida», pensó Pip—. Seguramente el mayordomo está confundido. Es muy viejo. No podemos confiar en su oído. Y ¿por qué nos estamos haciendo pedazos los unos a los otros? Es ridículo.

—Muy bien, comunista —dijo Pip.

No encajaba muy bien ahí, pero ¿dónde lo iba a meter si no?

—Bueno, pues nada —soltó Lauren cruzándose de brazos—. Vete al carajo, mayordomo...

—Me llamo Humphrey —la interrumpió Connor señalando la placa con el nombre.

—Como te llames —dijo ella—. Porque sé que tú también escondes secretos. Te he visto dos veces este fin de semana leyendo con atención un trozo de papel que te sacabas del bolsillo. Una vez incluso te vi llorar. ¿Qué es? ¿Qué dice la nota secreta que llevas de un lado a otro?

—No sé de qué nota me está hablando, señorita —contestó Connor.

—Ah, ¿te refieres a esta nota? —Jamie se había puesto de pie y estaba detrás de la silla de su hermano. Se inclinó por encima de él y metió la mano por dentro de la chamarra de Connor para sacar un trozo de papel doblado del bolsillo interno.

—Jamie, ¿qué haces? —dijo Connor, sonriendo incrédulo a su hermano—. ¿Cuándo has metido eso ahí?

—Tengo mis recursos. —Jamie sonrió y enseñó la nota doblada. Pip leyó «Pista N.º 3» escrito en el reverso—. Vaya, vaya, vaya —dijo mientras la abría—. Gracias a tu vista de lince, Lizzie. —Fingió leer la nota—. Interesante. Toma, ve pasándola. —Jamie le dio la nota a Pip y Connor se inclinó para leerla por encima de su hombro.

—Qué extraño —comentó Jamie cuando Pip le pasó la nota a Cara—. Parece que es un trozo de página arrancado de uno de los libros de medicina de la biblioteca de Reginald.

—«Viruela» —leyó Zach en voz alta cuando le llegó la nota.

—Se erradicó aproximadamente en los años ochenta —dijo Pip.

—Ey, nada de viajes en el tiempo. —Jamie le dio un golpe en la cabeza con el libreto.

—¿Por qué tienes eso en el bolsillo? —le preguntó Lauren a Connor cuando el papel llegó a sus manos—. ¿Y por qué no dejas de mirarlo?

—Por nada —murmuró Connor con las mejillas cada vez más rojas—. Es un tema que me interesa, eso es todo. A veces me gusta leer para pasar el rato, aunque al señor nunca le ha parecido bien. Decía que era «ocioso». Por eso lo he ocultado siempre.

—Me parece muy poco creíble —exclamó Cara.

Connor abrió la boca para añadir algo más, pero luego la volvió a cerrar y se encogió de hombros. Era evidente que no tenía nada más que decir al respecto. A lo mejor este era un buen momento para que Pip se escabullera a la sala de billar y recogiera la prueba incriminatoria. Soltó la pluma, y estaba a punto de hablar cuando Ant se le adelantó. Mierda, había perdido su oportunidad.

—¿Saben qué? —dijo fingiendo la voz de Bobby y moviendo un dedo para acompañar sus palabras—. Llevo todo el fin de semana pensando, y ahora, sentado aquí delante de todos ustedes, estoy casi seguro. —Se giró para mirar a

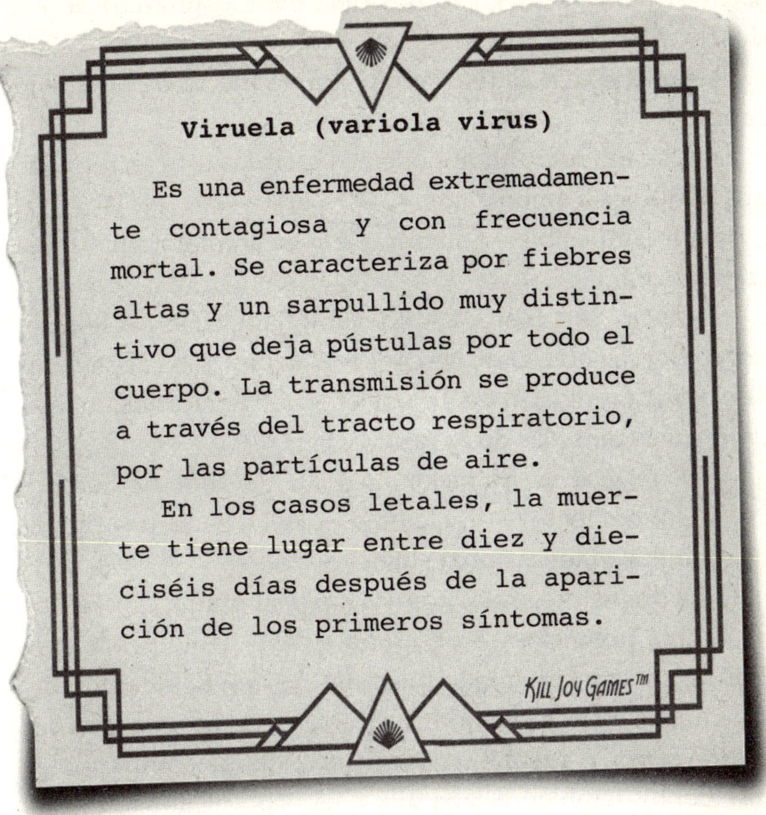
Viruela (variola virus)

Es una enfermedad extremadamente contagiosa y con frecuencia mortal. Se caracteriza por fiebres altas y un sarpullido muy distintivo que deja pústulas por todo el cuerpo. La transmisión se produce a través del tracto respiratorio, por las partículas de aire.

En los casos letales, la muerte tiene lugar entre diez y dieciséis días después de la aparición de los primeros síntomas.

Cara—. Tu cara me suena de algo, Dora Key. Estoy seguro de que esta no es la primera vez que nos vemos.

—Ay, no me digas que nosotros también hemos cogido —bromeó ella, fingiendo que leía el libreto y que eso era lo que tenía que decir.

—No, pero no me cabe duda de que te he visto en algún sitio... —Fingió buscar en sus recuerdos, tocándose las puntas del bigote como una caricatura. Y entonces se acordó y le cambió la cara.

—Te has acordado, ¿no? —dijo Cara—. Tú a mí también me suenas. De algún sitio. Un poco estúpido por tu parte sacar el tema, Bobby. No nos deja bien a ninguno de los dos.

—Lo sé —dijo Ant—. Pero el libreto me ha dicho que lo hiciera.

—Qué mierda. ¿Igual podemos guardar este secreto que nos perjudica a ambos?

—No, imposible —intervino Jamie con una risilla—. Escúpanlo. Ya.

—Bueno, está bien. —Ant levantó las manos—. Te reconozco del casino Garza, en Londres. Te he visto varias veces allí, con la familia Garza. Sé que eres tú. He reconocido las... las arrugas pintadas de tu cara.

—Vaya, gracias. Mi mejor cualidad —respondió Cara.

—Un momento —dijo Lauren—. ¿Qué hacía una humilde cocinera en un casino de lujo?

Una buena pregunta, por fin. Pip y su pluma esperaron.

—Qué prejuiciosa —dijo Cara—. A la gente pobre también le gusta jugar. Y esto fue antes de que Reginald Remy me contratara y me mudara aquí, así que no creo que sea asunto suyo. Y, además, ¿por qué nos estamos centrando en mí? Bobby también estaba allí y, es más —Cara se inclinó hacia delante—, lo he visto allí muchas veces, con una conocida banda. Y una vez incluso lo vi vendiendo unos paquetitos con polvos blancos a los clientes del casino.

—Parece cocaína —dijo Jamie, dándose golpecitos en el casco de policía.

—Esperen —intervino Zach, girándose para hablarle a Ant—. Bobby, ¿has estado yendo al casino Garza? ¿A la competencia? ¿Nuestros enemigos?

—No es como que pueda ir a ningún casino Remy en todo el país, ¿no? Me prohibieron el paso de por vida.

—¿Has vuelto a jugar? —Zach parecía traicionado de verdad—. ¿No lo dejaste nunca? ¿Ni siquiera cuando le prometiste a nuestro padre y al resto de la familia hace años que jamás volverías a hacerlo?

—Culpable —admitió Ant, llevándose una mano al pecho.

—Padre prometió dejar de darte dinero si volvías a jugar. ¿Llegó a enterarse?

—No.

—¿Y madre? Se llevaba bien con la señora Garza antes de morir. Quizá la señora Garza se lo dijo.

—No —volvió a decir Ant.

Zach arrugó la cara y una sombra se cernió sobre sus ojos. Ralph no le creía a su hermano, Pip se dio cuenta.

—¿Y traficas con cocaína? —Pip se concentró en Ant.

—¿Van a creer lo que dice una cocinera? Vamos, prima, ya sé que a todos nos encanta odiar a Bobby, pero es evidente que Dora solo está intentando desviar la atención de por qué estaba ella allí. Algo que de por sí ya es bastante sospechoso.

La verdad es que tenía razón. ¿Por qué Dora Key había estado frecuentando un casino de lujo del enemigo principal de la familia Remy?

Hubo un momento de calma, una tregua natural tras la confrontación, y si Pip no salía ya, quizá no tuviera otra oportunidad.

—¿Podemos parar un momento? —dijo, cerrando la libreta para que los demás no pudieran leer el creciente número de teorías que barajaba—. Tengo que hacer pis.

Jamie asintió.

—Claro.

—¿Adónde vas? —preguntó Cara, levantándose también.

—Lo acabo de decir. —Pip miró el quicio de la puerta—. A hacer pis. No voy a hacer la broma de desaparecer, como Ant. No se preocupen.

—¿Puedo ir contigo? —dijo Cara, acercándose a ella.

—No. —A Pip se le aceleró el corazón contra las costillas. Cara iba a arruinar todo. Tenía que ir ya a por esa prueba—. Solo voy a hacer pis, friki —dijo. Le empezaban a sudar las manos y esperaba que eso fuera suficiente para que Cara dejara de insistir. Odiaba mentir, sobre todo a Cara, que era más una hermana que una amiga.

Pero funcionó. Cara no insistió más y Pip salió sola del comedor. Abrió la puerta del baño de abajo y la cerró haciendo mucho ruido, para que los demás lo oyeran incluso por encima de la música. Pero Pip no había entrado. Siguió caminando por el pasillo, intentando hacer el menor ruido posible sobre la alfombra.

Se paró frente al armario y al cartel de «SALA DE BILLAR».

Pip agarró la manija y vio que le temblaban los dedos. ¿Por qué estaba nerviosa? Nada de esto era real. Pero no tenía esa sensación, y ella también se sentía diferente, en cierto modo. Más viva, más alerta, con la piel electrificada. Abrió la puerta del armario y allí, en el suelo, delante de una hilera de zapatos, había algo que no había estado ahí antes: un trozo de papel doblado con las palabras «Pista N.º 4».

Se agachó y estiró el brazo para recoger la pista.

Pero no lo consiguió.

Solo la rozó antes de que alguien la agarrara por detrás.

Nueve

Unas manos invisibles sobre los hombros. Clavándole los dedos, apartándola.

Pip perdió el equilibrio y se cayó, aterrizando boca arriba. Y entonces vio quién la había agarrado.

—Cara, ¿qué demonios haces? —dijo mientras se ponía de pie.

Pero era demasiado tarde.

Cara se le había adelantado y tenía la cabeza dentro del armario para agarrar el trozo de papel. Se dio la vuelta enseñándole la pista con una enorme sonrisa en la cara.

—Sabía que te estabas escabullendo para hacer alguna travesura —dijo, golpeando a Pip en las costillas.

—¿Cómo lo supiste?

—En mi libreto decía que lo ibas a hacer —dijo Cara—. Que ibas a escabullirte y que tenía que atraparte y encontrar la prueba antes de que tú la destruyeras.

—Aaay. —Pip se puso de pie desenredándose la boa de plumas de los brazos. Maldito juego, la hacía fracasar estrepitosamente—. Bueno, al menos ahora sabemos que no querías verme hacer pis.

—No es lo mío, lo siento —dijo Cara—. Toma. —Extendió la mano y le ofreció la prueba a Pip.

Pip iba a tomarla y, justo cuando la tenía entre los dedos, Cara se la volvió a quitar.

—Ja, era broma. —Se rio y se marchó de vuelta al comedor.

Pip se vengó pellizcándole la axila.

—¡Ay! ¡Eso era mi bubi! —Cara empujó a Pip con las nalgas contra la pared.

—¿Qué está pasando ahí? —gritó la voz de Ant—. ¿Una pelea?

Cara se soltó de Pip y fue corriendo hasta el comedor, agitando la pista en el aire.

—Pi... perdón, Celia estaba intentando esconder esto —les anunció mientras Pip llegaba detrás de ella.

—¡Solo cumplo con las instrucciones del juego! —dijo Pip a la defensiva, volviendo a sentarse y cruzándose de brazos.

—Ajá, así que no eres tan buena chica, ¿eh? —bromeó Ant.

—¿Qué es, Dora? —preguntó Jamie—. Ábrelo y ve pasándolo para que lo vean todos.

—¿Qué es? —preguntó Zach.

—Es la chequera de Reginald Remy —dijo Cara—. Y parece que el último cheque fue para un tal Harris Pick. El viejo Reggie le pagó ciento cincuenta mil libras a finales de julio.

Ant silbó, impresionado por la cifra.

—Un momento —dijo Zach con un tono muy poco natural

al leer directamente de su libreto—. Reconozco ese nombre. Mi padre y él sirvieron juntos en la primera guerra bóer. Padre siempre decía que Harris le salvó la vida.

También era el nombre del activista comunista que el gobierno sospechaba que Reginald Remy estaba financiando. Y aquí estaba la prueba de Celia: ciento cincuenta mil libras. Era mucho dinero, millones en la actualidad.

—Sí, bueno... —Cara lanzó a Pip una mirada mordaz, escondiendo una sonrisa—. Vi a Celia salir del estudio de Reginald aproximadamente a las cinco esta tarde, con la chequera en la mano. ¡Ella abrió la caja fuerte y robó esto!

—¿Celia? —Zach tenía una mirada afligida.

—Sí, bueno. —Pip suspiró—. Es verdad. Yo abrí la caja fuerte, pero no es lo que parece. Solo quería tomar esta foto de Reginald y mi madre. No la encontraba por la casa, así que pensé que debería estar en la caja fuerte. Lo único que quería era ver si me parecía a ella.

—Oh, ja, ja, ja, ahórranos el melodrama —dijo Ant—. Si es así, ¿por qué robaste la chequera?

—Cuando abrí la caja, no había nada, solo eso. —Pip señaló el papel que sujetaba Cara—. Y supongo que quería saber cuánto dinero les daba mi tío a sus hijos y a sus parejas. —Lanzó una mirada a Lauren—. Siempre me ha parecido mal eso. Yo era huérfana y podría haberme ayudado, pero prefirió no hacerlo.

—Interesante —dijo Jamie metido en el papel del inspector—. Entonces, Celia, ahora podemos ubicarte en la escena del crimen tan solo quince minutos antes de que supuestamente sucediera.

No se veía nada bien.

—Sí, pero —protestó Pip— Dora acaba de decir que me vio salir del estudio a las cinco, lo que significa que abandoné la escena del crimen antes de que se cometiera el asesinato.

Además, ¿qué hacía ella allí? No has dejado de repetir que estabas en el huerto a esa hora. Así que tú también debes de estar mintiendo.

—Sí, gracias. —Zach golpeó emocionado la mesa—. Dora, ni siquiera estabas allí para no verme durante mi paseo y lanzar dudas sobre mi coartada.

—¿Y por qué ibas al estudio de Reginald? —Pip desvió la atención hacia ella.

—¿Saben qué? Ya se lo dije a Ralph y lo volveré a decir —dijo Lauren—. No me gusta esa cocinera, siempre está donde no debería. Es como si nos estuviera espiando.

Al principio, Pip no se dio cuenta, y se estremeció medio segundo tarde. Levantó la mirada y vio que Connor la estaba mirando.

—Te noto un poco nerviosa, Celia —señaló él.

—Bueno. —Jamie dio una palmada—. Nos estamos acercando a la verdad, pronto descubriremos quién de ustedes es el asesino. Pero antes, creo que el asesino tendría que ser consciente de ello. Si miran debajo de sus platos (espera, Connor, deja que lo explique primero), encontrarán un sobre con su nombre. Dentro habrá un trozo de papel que les dirá si son o no el asesino. Pero —levantó un dedo para remarcar este punto— deben mantener la cara inexpresiva. No revelen nada, sean o no el asesino. —Los miró a todos para asegurarse de que lo entendían, y reposó la mirada más tiempo sobre Ant—. Bueno, ahora.

Pip deslizó su plato hacia delante, con una porción de pizza sin comer y consciente de que Connor la tenía vigilada. Y ahí, escondido todo este tiempo debajo de su plato, había un pequeño sobre con su nombre: Celia Bourne.

Miró a los demás abrir sus sobres y tomó el suyo.

Se quedó inmóvil. Cerró el puño.

¿Y si ella era la asesina? Tenía una sensación fría y pesada en el estómago. Celia estuvo en la escena del crimen quince minutos antes de la hora del asesinato. ¿Y si vio el talón de la chequera para Harris Pick —la prueba de la traición de Reginald— y, por orden de su jefe, volvió al estudio para liquidar a su tío? Una puñalada en el corazón. Nunca había sido bien recibida en la familia Remy, no de verdad. A lo mejor la rabia se apoderó de ella, o quizá fue su formación. Sea como sea, había un hombre muerto, y podía haber sido ella. La respuesta estaba en ese sobre.

Pip lo tomó, levantó la solapa y sacó el trozo de papel doblado pegado al pecho. Tenía el corazón en la garganta mientras leía las palabras impresas.

Lo volvió a leer, para asegurarse, y la voz de su cabeza pronunció la frase sílaba a sílaba. Celia no había sido. Era inocente.

Pip miró a los demás cambiar de expresión para esconder sus secretos. Connor estaba agitando las cejas de forma poco natural, una arriba, dos arriba, una abajo, dos abajo. Lauren se estaba riendo y miraba a los lados. Ant estudiaba el techo. Cara tenía los ojos tan abiertos y miraba tan fijamente a los demás que —junto con las arrugas pintadas— parecía que se le iban a salir los ojos de las cuencas. Zach estaba en silencio, esforzándose por no revelar nada con la cara.

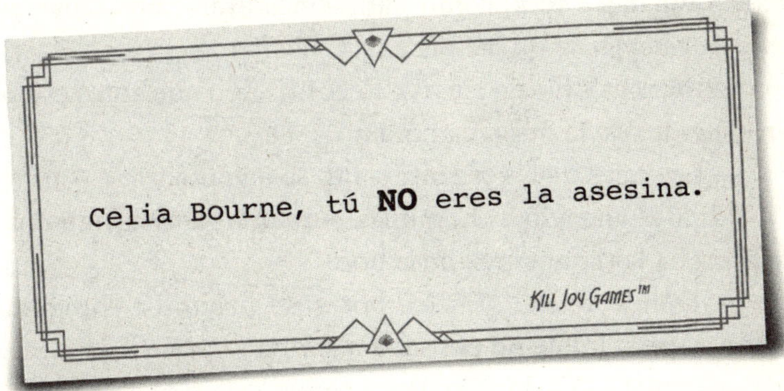

Si no había sido ella, entonces alguien en la mesa era el asesino. Uno de sus cinco amigos. ¿Quién podía ser? Todos habían tenido la oportunidad y los medios. Y ahora Pip tenía siete hojas de notas sobre ellos y por qué podrían haber matado a Reginald Remy. Todos parecían culpables ante sus ojos, pero solo podía serlo uno.

—Qué buenos actores son —comentó Jamie, vigilándolos—. Bueno, ahora que el asesino sabe quién es, es la hora de la última prueba-aaaa. —Dijo la frase al ritmo de *The final countdown*. Connor gritó la parte instrumental con la voz estridente.

—A lo largo de la noche, parece que uno de ustedes ha intentado engañar al inspector Howard Whey —dijo Jamie, clavándose el pulgar en el pecho—. Alguien ha intentado colocar una prueba incriminatoria en un lugar en el que a ninguno se nos ocurriría mirar. En un intento de ocultarla entre los restos de esta cena.

—¿Cómo? —dijo Connor, enarcando una ceja mientras miraba confundido a su hermano.

Pip siguió la mirada de Jamie hacia el centro de la mesa. Las tres velas titilaban y a su lado estaba el montón creciente de pruebas, unas cuantas botellas de vino tinto vacías y las de las cervezas que se había tomado Connor. Tenían los platos vacíos, excepto el de Pip, porque había estado dándole demasiadas vueltas a todo como para concentrarse en comer. *¿A qué se refería Jamie? ¿Qué había cambiado?*

Y entonces cayó en cuenta. Recordó algo que antes estaba en el centro de la mesa y ahora no.

—¡Las cajas de las pizzas! —Pip se levantó.

Jamie se encogió de hombros, pero una sonrisa juguetona le estiraba las comisuras de la boca.

—¿Dónde están? ¿En los botes de basura? —preguntó Connor, pero Jamie no pensaba decir nada más.

—Vamos —les dijo Connor a todos, saliendo a toda prisa

del comedor hacia la cocina. Pip le pisaba los talones con la libreta en la mano.

Las cajas de Domino's Pizza estaban amontonadas en una esquina, junto al bote de basura. Connor se puso de rodillas, haciendo como que le dolían por la avanzada edad de Humphrey Todd, y empezó a sacarlas todas, abriendo las tapas mientras los demás se amontonaban detrás de él.

—¡Ajá! —dijo, levantando un trozo de papel, que ahora estaba manchado de salsa de ajo y grasa de pizza. Pip leyó «PISTA FINAL».

—¿Ven? Al inspector Howard Whey no se le escapa ni una —dijo Jamie, triunfal—. Por favor, comparte la nota con el grupo, Humphrey.

—Oh, aquí hay tomate —dijo Connor—. Literalmente. —Mientras se limpiaba un poco de salsa de tomate de los dedos.

—R. R. —dijo Lauren—. Tiene que ser de uno de ustedes dos. —Miró a los hermanos Remy.

—Y Boby ya dejó otra nota firmada como R. R., Robert Remy —dijo Pip, pero tenía algo en mente, una idea sin terminar que todavía no podía agarrar. *¿Qué era? ¿Qué le contrariaba de la nota?*

—Parece el tipo de nota que alguien le enviaría a la mujer

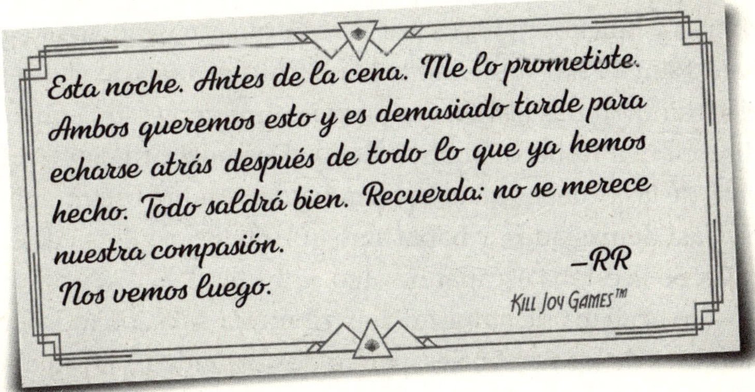
Esta noche. Antes de la cena. Me lo prometiste. Ambos queremos esto y es demasiado tarde para echarse atrás después de todo lo que ya hemos hecho. Todo saldrá bien. Recuerda: no se merece nuestra compasión.
Nos vemos luego.
—RR

de su hermano, a la que se está cogiendo a sus espaldas —dijo Cara—. ¿Tenían pensado tener más relaciones esta noche? —les preguntó a Lauren y a Ant.

Pip lo pensó durante un instante. Podría encajar, pero, en el fondo, había algo que la hacía dudar.

—¿O igual dos personas estaban planeando juntas el homicidio? ¡Dos asesinos! —dijo Connor emocionado.

Pip lo consideró. También podía ser, en el contexto de la nota. La cabeza le daba vueltas.

—Como el increíble inspector que soy —dijo Jamie—, puedo confirmar que solo hay un asesino. Y ahora —dio una palmada muy fuerte—, por fin ha llegado el momento de desenmascararlo. De revelar toda la verdad y nada más que la verdad. Por favor, vuelvan a sus asientos en el comedor. —Les hizo un gesto hacia el pasillo.

Salieron de la cocina. Todos iban discutiendo emocionados sobre quién podía ser el asesino, pero Pip estaba callada, absorta en sus pensamientos. Repasando mentalmente el caso desde el principio hasta el final, como habría hecho Celia Bourne. Diseccionando cada pista, observándolas desde diferentes ángulos.

Se volvieron a sentar los seis en sus sitios. Pip se puso de lleno a consultar su libreta, pasando las hojas frenéticamente, intentando descifrar su propia letra. Había muchos sospechosos y muchos motivos por los que querer asesinar a Reginald Remy. Pero ¿quién lo había hecho? ¿Quién de ellos era el asesino? Todas las señales parecían apuntar en una misma dirección, a Robert «Bobby» Remy. Desde el principio, muchas de las pruebas han proyectado una sombra oscura sobre él. Casi demasiadas, y había algo que no le terminaba de encajar. Se le estaba escapando algo.

Pip acababa de empezar a escribir una lista con todos los nombres de los personajes, para ir descartándolos uno a uno.

Y entonces el mundo se quedó a oscuras, se lo arrebataron de los ojos.

Todo quedó sumido en una profunda oscuridad al apagarse las luces. La música murió, dejando un inquietante zumbido silencioso en su funeral.

Se rompió un segundo más tarde con un grito.

Diez

—Lauren, deja de gritar —dijo la voz aterrada de Connor desde algún lugar a su derecha.

A Pip se le reajustó la visión y sus ojos se acomodaron a la oscuridad. No estaba completamente a ciegas, las tres velas del centro de la mesa producían una luz tenue anaranjada y parpadeante, y Pip podía distinguir las siluetas de sus amigos de las demás sombras.

Una nueva figura sin cara se les unió, colgando del marco de la puerta, con la cabeza demasiado grande y deformada.

—¿Qué han hecho? —preguntó la sombra con la voz de Jamie.

—Nada —respondió Connor.

—Mierda, debe ser un apagón —dijo Jamie, moviendo los pies.

—No es un apagón —dijo Pip, sintiendo su propia voz extraña, atravesando el silencio poco natural—. Mira fuera. —Señaló la ventana, olvidándose de que no era más que una forma confusa en la oscuridad—. Se ven luces por las ventanas de tus vecinos, ellos sí tienen electricidad. Quizá hubo una recarga eléctrica.

—Ah —dijo Jamie—. ¿Conectaron algo?

—No. —La voz de Connor otra vez—. Estábamos aquí, sin hacer nada. Alexa estaba encendida.

—No pasa nada, solo tenemos que volver a levantar el fusible. —Pip se levantó—. ¿Saben dónde está? ¿Fuera?

—No, está en el sótano, creo —dijo Jamie—. No lo sé, nunca bajo.

—Porque te da mucho miedo —añadió Connor, poco cooperador.

—¿Nunca han encendido los fusibles? —preguntó ella. El silencio de los hermanos Reynolds fue respuesta más que suficiente. Nadie más se levantó—. Vaya. —Suspiró—. Yo voy.

Si el padre de Pip estuviera aquí, se pondría a sacudir la cabeza con fuerza; los fusibles eran una de sus primeras «Lecciones de vida». Por supuesto, es muy probable que Pip no necesitara aprender eso a los nueve años, pero «las lecciones de vida son para siempre», como decía él. Y no lo dejes empezar a hablar del aceite del coche.

—¿No necesitas una linterna o algo? —preguntó Connor.

—Ay, Connor —dijo Lauren, casi invisible al otro lado de la mesa—, deberías devolvernos los teléfonos para que podamos usar la linterna.

—Sí, bueno —dijo Connor por encima del rechinido que hizo su silla al levantarse—. No es muy 1924, pero ya da igual. —Unos pasos amortiguados y luego un nuevo sonido: la mano por el calentador, haciendo un ruido metálico mucho más fuerte de lo que debería—. Mierda —dijo entre dientes—. No encuentro la llave. Estoy seguro de que la dejé por aquí.

—¡No inventes, Connor! —Otra vez Lauren—. Necesito mi teléfono.

—No pasa nada, tranquilos —dijo Pip, calmando la situación. Se inclinó sobre la mesa y agarró una de las velas. La llama bailó bajo su aliento—. Con esto me las arreglo, veo bien. Ya encontrarás la llave cuando vuelva la luz. —Se fue moviendo por la habitación usando la luz de la vela hasta llegar donde estaba Jamie, en el quicio de la puerta.

—¿Necesitas que te ayude? —le preguntó.

—No, no, gracias. —Sabía que él estaba nervioso por terminar la partida antes de que tuvieran que irse todos, pero este era trabajo para una sola persona. Pip había descubierto que, la mayoría de las veces, los demás solo la frenaban. Por eso odiaba los trabajos en grupo—. Va a ser solo un segundo, no te preocupes.

Nunca había bajado al sótano de los Reynolds, pero solo podía ser una puerta. Una que no estaba etiquetada y no tenía ningún papel en la fantasía de la mansión Remy. La puerta de debajo de las escaleras. Bajó la vela para ver la manija y la agarró. Sintió el metal frío bajo la piel.

—Creo que está en la esquina izquierda del fondo —le dijo la silueta de Jamie.

—Genial —dijo ella mientras abría la puerta.

Crujió. Obviamente. El sonido hizo eco en la oscuridad y le cabalgó por los nervios. «*Cálmate, Pip. Solo es una puerta vieja y poco usada*».

Ante ella, un hueco tan oscuro que sus ojos le dieron vida y las sombras traspasaron el umbral, saliendo sigilosamente para agarrarla, para convertirla en una de ellas. Anclada en el sitio solo por la débil llama de la vela que tenía en la mano. Debía haber una escalera. Tocó el primer escalón con el pie antes de bajar, perdiéndolo en la oscuridad.

El aire era más fresco y seco aquí abajo, y parecía cada vez más oscuro con cada paso que daba. La vela estaba perdiendo la batalla.

El cuarto escalón crujió. Cómo no.

A Pip se le aceleró el corazón al escucharlo, aunque la cabeza le estaba diciendo que estaba siendo ridícula. Tanto hablar de asesinato la había llevado al límite.

En el sexto escalón algo le rozó el brazo. Algo delicado que le puso la piel de gallina, como una suave caricia. Se lo sacudió. Una telaraña. Se le quedó agarrada, aferrándose a su mano, atrapándola. Pip se la sacudió del vestido y continuó.

Movió el pie, listo para otro escalón, pero no lo encontró. Solo había suelo. Había llegado al final, ya estaba en el sótano. Sintió un escalofrío subiéndole por la nuca. Se dio la vuelta para comprobar que la salida seguía existiendo. Juró por Dios que, si a alguien le parecía divertido encerrarla aquí, iba a producirse un asesinato real esta noche.

Un ruido detrás de ella.

Pip se giró, y la llama se estiró para seguirle el ritmo.

No podía ver nada, solo que... Sí podía. Ahí, en la esquina, estaba la caja de fusibles, tan solo a unos metros. Arrastró los pies hacia allí, levantando la vela para iluminarla. Estaban todos los interruptores bajados, incluso el principal de color rojo.

Se le quedaron los dedos flotando en el aire. Escuchó un susurro en la oscuridad. A su derecha. ¿Había oído algo de verdad? No estaba segura, los latidos del corazón le resonaban demasiado fuerte en los oídos.

Pip levantó la vela para iluminar todo lo que pudiera de la habitación subterránea.

Entonces vio a un hombre.

De pie, en la otra esquina, con la oscura sombra de la cabeza inclinada como si la estuviera mirando con curiosidad.

—¿Quién está ahí? —dijo Pip con la voz temblorosa.

No respondió. Pero el viento sí lo hizo, silbando por las grietas escondidas en algún lugar por encima de ella.

A Pip le temblaron los dedos, y el fuego se movió con ellos. El hombre se movió hacia a ella.

—¡No!

Se giró hacia la caja de fusibles. Tenía que encender las luces ya. Solo tenía unos segundos antes de que…

Se centró, apretó con fuerza la vela. Respiraba acelerada, dentro y fuera y... Oh, no. La oscuridad creció, derrumbándose sobre ella, envolviéndola. Había apagado la vela. Mierda, maldición, no.

A ciegas, empezó a tocar la caja de fusibles, levantando los interruptores que no veía con el pulgar. Arriba, arriba, arriba, arriba. Encontró con los dedos la forma del interruptor principal y lo levantó.

La luz volvió y la sombra del hombre desapareció.

Desapareció porque, en realidad, era simplemente un montón de cajas de cartón cubiertas por una sábana. Pip estaba sola aquí abajo, aunque tardó unos segundos en conseguir que el corazón confiara en ella.

Escuchó los aplausos y gritos de los demás arriba.

—¡Muy bien, Pip! —gritó la voz de Jamie—. ¡Sube!

Antes iba a respirar hondo un momento para que el miedo le desapareciera del rostro. ¿A qué había venido eso? Solo era un sótano desordenado y polvoriento. Pero, un momento, ¿por qué veía? ¿Por qué estaba la luz de aquí abajo encendida? Era raro.

Volvió a las escaleras, todas las sombras estaban ya íntegras. Con la vela apagada en una mano y en la otra el barandal, subió, evitando el resto de la tela de araña. Y entonces, algo que no esperaba ver, la miró fijamente a la cara. Un sobre metido entre dos escalones, en el cuarto escalón. Un sobre que decía: «UNA PISTA SECRETA, SOLO PARA TI».

Espera... ¿qué?

Pip lo levantó para comprobar que era de verdad.

Lo era. Tenía la marca de agua de *Kill Joy Games* en el borde.

Soltó una bocanada de aire que, en la garganta, se le convirtió en una risa temblorosa.

Maldito Jamie Reynolds.

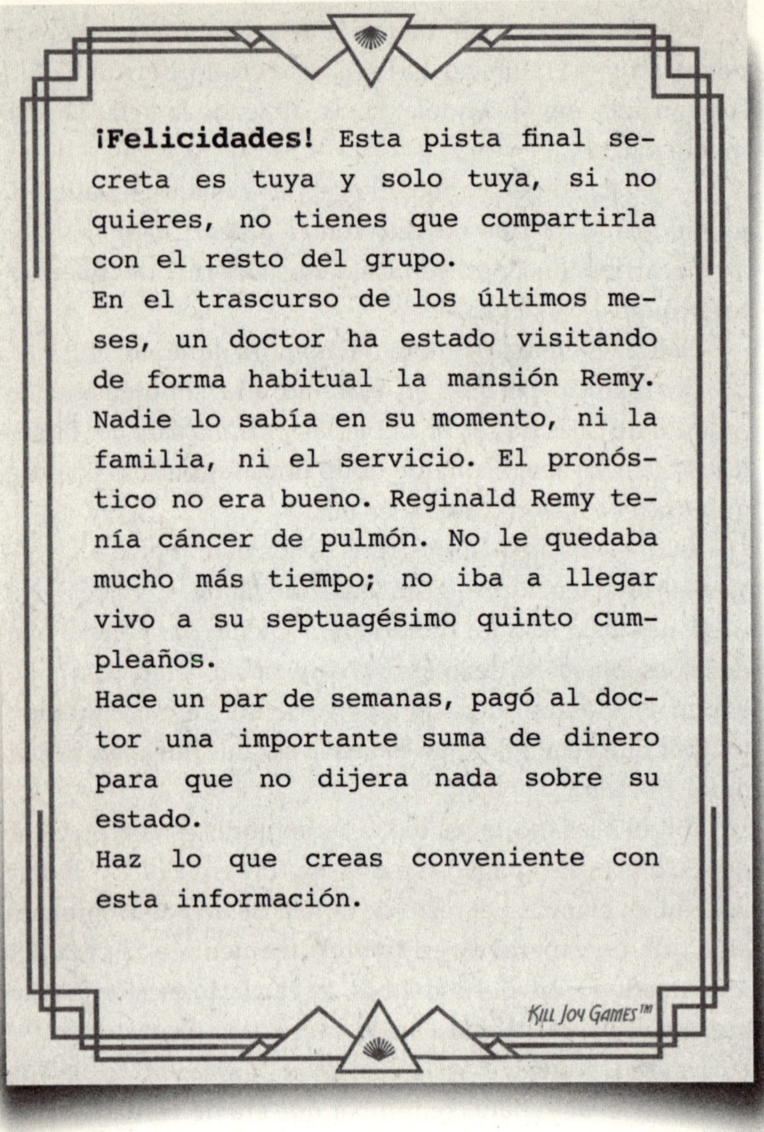

¡Felicidades! Esta pista final secreta es tuya y solo tuya, si no quieres, no tienes que compartirla con el resto del grupo.

En el trascurso de los últimos meses, un doctor ha estado visitando de forma habitual la mansión Remy. Nadie lo sabía en su momento, ni la familia, ni el servicio. El pronóstico no era bueno. Reginald Remy tenía cáncer de pulmón. No le quedaba mucho más tiempo; no iba a llegar vivo a su septuagésimo quinto cumpleaños.

Hace un par de semanas, pagó al doctor una importante suma de dinero para que no dijera nada sobre su estado.

Haz lo que creas conveniente con esta información.

Nada de esto había sido real. Nada de estos últimos minutos.

Todo formaba parte del juego: el apagón, Jamie fingiendo que no sabía cómo arreglar unos fusibles que se habían botado.

Unos fusibles que seguramente ni siquiera se habían botado. Probablemente Jamie había bajado a apagar los fusibles mientras los demás lo esperábamos, inocentes, en el comedor. Lo había preparado todo para que alguien bajara solo al sótano. Y esa persona se había ganado una pista extra.

Era suya.

Pip sonrió mientras abría el sobre y ojeaba la hoja.

El mundo se detuvo de pronto alrededor de Pip. El polvo colgaba inmóvil en el aire que la rodeaba, el secreto se le arrugaba en las manos. Reginald Remy se estaba muriendo, y él lo sabía. Pero no quería que nadie más lo supiera. Esto lo cambiaba todo. El caso entero. Esta era la nueva perspectiva que necesitaba. La historia que había estado oculta todo este tiempo le estaba removiendo esa sensación en el estómago. Todo cobraba sentido ahora, los sospechosos se reorganizaron ante sus ojos y...

Jamie la volvió a llamar.

—¡Ya voy! —dijo, llegando hasta el final de la escalera y guardándose el papel bajo el hombro del vestido, agarrándolo con el tirante del brasier.

Entró en el comedor y todos la estaban esperando. Al sentarse y dejar la vela en su sitio, miró a Jamie, que tenía una tímida sonrisa secreta en los labios. Ella le correspondió con un discreto movimiento de cabeza.

—Muy bien —dijo Jamie, volviendo al papel del inspector Howard Whey—. Ha llegado la hora de la verdad y de que digan sus conclusiones finales. ¿Quién es el asesino? Por favor, lean la última página de su libreto.

Buen trabajo, Celia Bourne. Has sobrevivido a esta noche de asesinatos, misterio y caos.

Es el momento de responder a la última pregunta. ¿Quién ha asesinado a Reginald Remy?

Por favor, escribe tu respuesta a continuación.

El asesino es: ____________________

____

Su motivo es: _____________________

____

____

____

____

____

Kill Joy Games™

Once

Pip lo sabía.

Sabía quién era el asesino.

Todas las piezas encajaron en su cabeza, todos aquellos detalles del principio que casi había olvidado volvieron después del apagón con una nueva luz. Las pistas, y no solo lo que habían dicho, sino cómo lo habían dicho. No las palabras, sino su forma. La fuente. Miró a los demás, reproduciéndolo todo mentalmente mientras sus ojos pasaban de un sospechoso al otro. El asesino está en esta habitación, en esta mansión, en esta isla recóndita a la que el barco solo llegaba una vez al día.

La verdad había estado oculta aquí todo el tiempo, cabalgando sobre el vientre de todas esas pistas y secretos evidentes. Maldición, qué ingenua había sido por haber creído lo que todos decían en ese momento. Claro que no iba a ser tan evidente, tan fácil; era un asesinato, al fin y al cabo. Pero ya lo entendía, cada curva y cada giro. Y necesitaba mucho más que cuatro líneas para capturarlo todo.

—Muy bien. —Jamie se apoyó sobre los codos—. Voy a ir preguntándoles uno a uno sus teorías y, al final, revelaré la verdad. ¿Lauren? ¿Empiezas tú?

—Está bien —dijo, tocándose el collar de perlas, apretándoselo más al cuello—. Pues yo creo que la asesina es... Cara. O sea, Dora, la cocinera. —Hizo una pausa mientras Cara ahogaba un grito, ofendida, como ya era habitual en el juego—.

Creo que está relacionada de algún modo con nuestros rivales, los Garza, y está aquí con falsos pretextos, la enviaron para conseguir secretos empresariales y luego matar a mi suegro.

Tenía razón en parte, concordó Pip. Pero no en la parte más importante.

—Ant, ¿tú qué crees? —dijo Jamie.

—Bien, el único asesino en esta mesa es... Sal Singh —dijo con una sonrisa—. Seguro que ha sido su fantasma. Andie Bell, y ahora Reginald Remy.

—¡Ant! —Cara se echó hacia delante para intentar propinarle una patada por debajo de la mesa.

—¡Ay! Ya, ya. —Levantó las manos—. Yo creo que ha sido... Pip. ¿Cómo te llamabas?

—Celia —aclaró, mirándolo mal.

—Eso, Celia. Creo que tenemos un caso de la típica chica buena que se vuelve mala. Y, además, a Pip es a la que más le quedaría ser la asesina. Así que, eso.

—Qué buen razonamiento —dijo Jamie un poco molesto—. Siguiente.

Era el turno de Zach. Pip lo observó detenidamente mientras él carraspeaba.

—Creo que el asesino es mi hermano, Bobby Remy —dijo sin mirar a nadie—. Bobby nunca dejó el juego, y creo que mi madre lo descubrió. Se lo dijo durante aquel fatal paseo hace un año. Y creo que mi hermano la mató, que fue él quien la empujó por el acantilado.

Sí, Pip tenía razón. Ralph Remy siempre había sospechado que su hermano mató a su madre.

—Ha matado antes y creo que ha vuelto a matar —continuó Zach—. Sabía que mi padre iba a desheredarlo, y quería recibir ese dinero. Para él, mi padre siempre ha sido un banco. Por eso intentó destruir el nuevo testamento y apuñaló a nuestro padre en el corazón. Ah, y la nota sobre la reunión antes de la cena, era de Bobby para mi mujer, Lizzie. Pero era simplemente para poder tener una coartada y poder decir que estaba con ella a la hora del asesinato, aunque ella lo negara.

«*Mal*», pensó Pip. Eso no era así, y esa era la cuestión. Era algo que iba más allá, que se leía entre líneas.

—¿Connor? —Jamie lo señaló.

—Yo creo que sí que puede ser Celia Bourne. —Miró a Pip de reojo—. Creo que es una espía rusa o algo así, porque no dejaba de reaccionar cada vez que oía esa palabra, y estaba intentando ocultar una prueba incriminatoria. Me parece que está mintiendo sobre por qué abrió la caja fuerte de Reginald y, lo que fuera que encontrara dentro, relacionado con el tal Harris Pick ese, se convirtió en su misión para «liquidar» a Reginald Remy.

Pip se quedó impresionada con su capacidad de observación, aunque no pudiera estar más equivocado. Se quedó inexpresiva, ahora le tocaba a ella. Se tronó el cuello para prepararse.

—¿Cara? —dijo Jamie, saltándose a Pip. Ah, la iba a dejar para el final. Quizá había pensado que, como tiene la pista extra, es más probable que lo averiguara.

—Pues, a ver, a pesar de que su actor es la persona más insufrible del mundo —dijo Cara, moviendo las arrugas pintadas en su cara—, voy a decir Bobby Remy. Todo apunta a él, creo. Tiene una aventura con la mujer de su hermano. Es adicto al juego y por lo visto tiene relación con la mafia. Como dijo Ralph, seguramente también mató a su madre. Quiere el dinero de la herencia, y por eso destruyó el nuevo testamento y asesinó a su padre.

Cara se había creído todo, exactamente como el juego había planeado.

Y ahora era el turno de Pip.

Se levantó antes de que a Jamie le diera tiempo de decir su nombre.

—Bueno, antes de entrar en el asunto de quién es el asesino —dijo—, hay que descartar a los que no están involucrados. Sí, Dora Key —señaló a Cara— es un topo de la familia Garza. Amenazaron a la anterior cocinera para que dimitiera, y Dora consiguió el trabajo para vigilar los tratos de Remy e informarlos. Pero no asesinó a mi tío Reginald, ¿por qué iba a hacerlo? Ni ella ni la familia Garza sacaban nada de eso.

Lauren parecía decepcionada, así que Pip habló de ella a continuación.

—Lizzie, desde luego tú no sales muy bien parada con todo esto. Has estado robando a la familia Remy, tomando dinero del casino de Londres. Quizá querías conseguir estabilidad económica por si tu marido descubría que te estabas acostando con su hermano y te pedía el divorcio y lo perdías todo. Reginald averiguó que tú eras la ladrona y a lo mejor temías que acudiera a las autoridades. Pero tú no eres la asesina, aunque seguramente te alegres de que esté muerto.

»Humphrey Todd. —Miró a Connor—. Odiabas a Reginald Remy. Incluso deseaste su muerte. Has dicho que era porque le pediste unos días libres para ir a visitar a tu hija y te los denegó. Eso era verdad. —Hizo una pausa—. Pero solo era verdad a medias. Le pediste unos días libres hace dos semanas porque tu hija, la única familia que te queda en el mundo, había contraído una enfermedad mortal: viruela. Pero Reginald te dijo que no, y tu hija murió poco después. No pudiste despedirte de ella. Por eso lo terminaste odiando, y la venganza es, sin duda, un motivo bastante fuerte. Pero tú tampoco mataste a Reginald Remy.

Por las mejillas sonrojadas de Connor, Pip sabía que había dado en el clavo.

—En lo que a mí respecta —dijo, y se llevó una mano al pecho—, sí, Humphrey, en parte tienes razón. Soy una espía y trabajo para los Servicios Secretos de Su Majestad. Me dieron la orden de investigar a mi tío y descubrir si financiaba actividad rebelde comunista. Harris Pick es un conocido activista comunista. Pero yo no asesiné a mi tío, y mi misión era errónea. Reginald no estaba financiando a los comunistas, simplemente estaba pagando deudas pendientes. Enviándole dinero a un viejo amigo que le salvó la vida durante la guerra. Porque, y aquí viene lo fuerte... Reginald Remy sabía que iba a morir.

—¿Qué? —dijeron Lauren y Ant al unísono, y los demás se quedaron mirándola fijamente.

—Miren. —Se sacó la pista secreta del vestido y la dejó en el centro de la mesa—. Una pista secreta que estaba escondida en el sótano, para que la encontrara quien bajara a la caja de fusibles. Reginald se estaba muriendo por un cáncer de pulmón, y el doctor le dijo que no le quedaba mucho tiempo. Hace un par de semanas, mi tío le envió un montón de dinero al doctor para que no dijera nada.

—Maldita sea —dijo Zach, mirando la prueba secreta.

—Maldita sea, efectivamente —continuó Pip—. Y, aunque tú tenías razón, Dora, y todas las pruebas parecen señalar a Bobby Remy, hay un motivo muy concreto para eso. Pero, mientras los demás no teníamos coartada para la hora del asesinato, hay dos personas aquí presentes que sí la tenían. —Señaló con la cabeza a Lauren y a Ant—. Lizzie y Bobby Remy estaban juntos a la hora del asesinato. Teniendo más «relaciones», sin duda. Lizzie nunca lo admitirá, y menos delante de su marido Ralph, porque le da pánico que se divorcie de ella y perder el estilo de vida tan cómodo al que se ha acostumbrado. Bobby tuvo que seguirle el juego y decir que estaba solo, dando un paseo, porque Lizzie no lo iba a defender, y él lo sabía. Al igual que nuestro asesino, que sabía exactamente dónde estaría Bobby Remy a la hora del asesinato, y que nunca podría demostrar su coartada. Entonces, si ni Lizzie ni Bobby son los asesinos, solo nos queda una persona entre los invitados de esta noche.

Miró a Zach.

—Ralph Remy, tú eres el asesino.

—¿Cómo? —exclamó Connor, aunque sonó muy lejos, como en otro mundo distinto al de ella.

—Aunque no sé si en realidad podemos llamarte «asesino», teniendo en cuenta que tu padre estaba enterado y quería que lo hicieras.

—¿Perdona? —dijo Cara.

—Así es. Todo esto ha sido un elaborado plan de Ralph Remy, Reginald Remy y otra persona más. —Hizo una pausa, el corazón le latía con fuerza por todo el cuerpo, hasta la punta del dedo que tenía levantado—. El inspector Howard Whey.

Jamie se quedó inmóvil. Bajó las cejas y la observó detenidamente.

—¿Qué? —dijo Lauren.

—Ralph siempre ha sospechado que su hermano Bobby asesinó a su madre el año pasado. La empujó por el acantilado porque descubrió que seguía apostando. Reginald Remy también sabía, en el fondo, que su hijo mayor era un asesino y que le había arrebatado al amor de su vida. Pero esa no fue la primera vez que Bobby había matado a alguien, ni mucho menos. Verán, después de que Reginald Remy pagara las deudas de Bobby a los usureros que amenazaban la vida de su hijo, Bobby se unió a ellos. Era miembro de los East End Streeters y lo habían visto traficando cocaína con ellos en el Casino Garza. Bobby tenía una grave adicción al juego que alimentar, al fin y al cabo. Una banda violenta con la que el inspector Howard Whey y Scotland Yard ya habían lidiado en varias ocasiones. Su compañero, inspector, se infiltró en la banda para intentar desenmascarar su red de narcotráfico y lo mataron de un disparo por ello. Pero siempre supo exactamente quién le disparó. Fue Bobby Remy. Ya contaba, al menos, con dos asesinatos, pero nunca se las vería ante la justicia por ellos. No podían demostrar ninguno de los dos, y Bobby seguiría viviendo su vida, pudiendo matar de nuevo si lo necesitara.

»A no ser que alguien lo detuviera. Pasemos rápido hasta hace tan solo un par de meses, cuando Reginald Remy descubrió que se estaba muriendo. Sabía que no iba a vivir para ver que se le hiciera justicia a su pobre esposa, y que su hijo mayor era un hombre muy peligroso. Así que trazó un plan con su otro hijo, Ralph. Si a Bobby no lo iban a encerrar por sus dos asesinatos anteriores, podían asegurarse de que sí lo encerraran por otro: el asesinato de Reginald Remy. Reginald iba a morir de todas formas, al menos que su muerte sirviera de algo y consiguiera encerrar a Bobby de por vida. Pagó al doctor para que nadie supiera de su enfermedad. Ralph no solo haría justicia por su madre, sino que acabaría con la aventura que su mujer tenía con su hermano, de la que estaba al tanto. Ralph y Reginald debieron indagar en el pasado de Bobby y lo relacionaron con el policía asesinado, por lo que contactaron con el inspector Howard Whey, que se apuntó al plan. Usted también estaba desesperado por que se le hiciera justicia a su difunto compañero, y conseguir sacar de las calles a este hombre tan peligroso.

—Pero él no participaba en el juego, ¿estás segura? —dijo Lauren.

—Eso es lo que quieren que pensemos —dijo Pip—. Pero la información ha estado ahí todo el tiempo, es una de las primeras cosas que nos dijeron. En las invitaciones decía que solo hay un barco al día desde la península hasta Joy Island, que sale a las doce de la mañana en punto. Hoy han asesinado a Reginald entre las cinco y cuarto y las seis y media de la tarde, y poco después, esta misma noche, ha aparecido el inspector para ayudarnos a resolver el asesinato. Pero ¿cómo ha podido llegar? Analícenlo. —Se inclinó sobre la mesa—. Pues porque ya estaba aquí, lleva aquí todo el día, desde que llegó el barco de las doce. El inspector Howard Whey vino en el barco a Joy Island antes de que ocurriera el asesinato, porque sabía que iba a ocurrir, porque formaba parte del plan para inculpar a Bobby Remy por el homicidio de Reginald. Por eso la mayoría de las pruebas han señalado a Bobby, el inspector ha estado dirigiendo la investigación.

Tomó el testamento pegado con cinta del montón de pistas del centro de la mesa.

—Bobby Remy no encontró ni destruyó este nuevo testamento. Fueron Ralph y Reginald. Sabemos que estuvieron juntos en la biblioteca esta tarde. Fue entonces cuando lo rompieron y lo pusieron en la chimenea, pero no lo quemaron porque querían que lo encontráramos. Porque estaban intentando crear el motivo para que Bobby asesinara a su padre: dinero, básicamente. La discusión que escuché anoche, entre Ralph y su padre, no era por planes para el negocio. Estaban hablando de esto: de su plan para matar a Reginald e incriminar a Bobby. Recuerden lo que escuché decir a Ralph. —Revisó su libreta para asegurarse—: «Me niego a hacer eso, padre», «Este plan tuyo es ridículo y jamás saldrá bien» y «No se saldrá con la suya». Era evidente que Ralph se estaba echando atrás y no quería apuñalar a su padre en el pecho. Pero Reginald lo convenció.

»Miren. —Tomó la última prueba, la que habían encontrado en la caja de pizza—. Esta nota de R. R. Algunos pensaron que se la escribió Bobby a Lizzie por su aventura a espaldas de Ralph. Cabe pensar que Bobby la escribió intencionadamente para tener una coartada y poder decir que estaba con Lizzie a la hora del asesinato. Pero Bobby no escribió esta nota. No es el R. R. que la firma. Esta nota —la agitó— la escribió Reginald Remy para su hijo Ralph. «Esta noche...» —Leyó la nota—. «Me lo prometiste. [...] No se merece nuestra compasión». Reginald quería asegurarse de que Ralph no se volviera a echar atrás. Y, si no me creen —dijo—, observen la caligrafía. La letra. Sabemos seguro al cien por ciento que Bobby escribió la otra nota firmada como R. R. para la cocinera, la del pastel de zanahoria. Observen bien: esa está impresa con una fuente diferente a esta. Porque las escribieron personas diferentes. Y la letra de esta —volvió a agitar la nota— encaja con la de las invitaciones que escribió Reginald. Y con la de la chequera. La verdad es que Reginald organizó este fin de semana para planear su propio asesinato e incriminar a su hijo Bobby con la ayuda de Ralph, que asestó la puñalada letal siguiendo instrucciones, y del inspector, ya que ambos tenían sus propios asuntos que saldar con Bobby. Robert «Bobby» Remy es un asesino, pero no es nuestro asesino. Nuestro asesinato lo llevaron a cabo tres cómplices: Ralph Remy, el propio Reginald Remy y el inspector Howard Whey.

Pip soltó la nota y observó cómo planeaba lentamente hasta la mesa, mientras recuperaba el aliento. Aterrizó justo delante de Zach, como una flecha. Él tragó saliva.

Connor fue el primero en decir algo.

—Guau —dijo, dando aplausos lentos y mirándola con la boca abierta—. Estoy... guau.

—Maldición, tu cerebro da miedo. —Cara ahogó un grito, esta vez de verdad, y se empezó a reír.

Jamie se movió por fin, mirando el libreto, abierto en la última página.

—Eso... —comenzó a decir con un graznido incierto en la voz—. Eso... no es correcto.

Las trompetas gritaron de fondo.

—¿Qué? —Pip se quedó mirándolo—. ¿Cómo que no es correcto?

—No es la respuesta —dijo, volviendo a revisar el libreto—. No es lo que ha pasado. Es Bobby. El asesino es Bobby.

—¡Tomen eso! —gritó de pronto Ant, y Pip se estremeció. Ant se levantó con los brazos arriba—. ¡Soy el asesino, imbéciles!

—No... —dijo Pip, obligando a la palabra a pasar por la garganta cerrada—. No puede ser.

—Es lo que dice aquí —dijo Jamie con las cejas fruncidas—. Dice que Bobby asesinó a Reginald. Sí, tienes razón, Bobby asesinó a su madre el año pasado porque descubrió que seguía jugando. Y le preocupaba que su padre le quitara el sustento si se enteraba. Este fin de semana se enteró del nuevo testamento en el que él no aparecía y mató a su padre y destruyó el nuevo documento, para poder recibir la enorme herencia. Y la nota de R. R. en la caja de pizza, como has dicho tú, la escribió Bobby para que pareciera que tenía una coartada, que estaba con Lizzie a la hora del asesinato. Fue premeditado.

—¡No! —dijo otra vez Pip, esta vez enojada—. No, esa no puede ser la solución. Es demasiado obvia. Es demasiado fácil. ¡No tiene ningún sentido!

—Debe de estar matándote. —Se rio Ant—. Te has equivocado muchísimo. Maldición, ojalá te hubiera grabado.

—No, no me he equivocado. —Pip clavó los talones en el suelo y notó como la rabia le subía por el cuello, hasta llegarle a la cara—. Explica entonces la letra. ¿Cómo es posible que Bobby haya escrito las dos notas de R. R. si están impresas con fuentes diferentes?

—Ummm. —Jamie pasó las hojas de un lado a otro—. Ummm, no, no lo sé. No dice nada de eso aquí.

—¿Y la pista secreta? ¿Que Reginald se estaba muriendo de cáncer? ¿Cómo encaja eso si Bobby es el asesino?

—Ummm... —Jamie pasó el dedo por la hoja—. Dice que se enteró del diagnóstico de su padre y que, por lo tanto, era probable que Reginald escribiera pronto un nuevo testamento, así que tenía que actuar rápido para asegurarse el dinero de la herencia.

—¿Y quién pagó al doctor, entonces? ¿Y tú? —dijo Pip, con los puños cerrados, clavándose las uñas en las palmas de las manos—. ¿Cómo explica el juego que el inspector estuviera aquí si no formaba parte del plan? Solo hay un barco al día a las doce de la mañana, no podrías haber llegado aquí a no ser que supieras que se iba a cometer el asesinato.

Jamie arrugó la cara y volvió a leer la página.

—Ummm, no... no sé qué decirte, Pip. Lo siento. No dice nada de eso aquí. Solo que lo hizo Bobby.

—Qué basura —dijo.

—Bueno, bueno. —Cara la volvió a sentar en su silla jalando los extremos de la boa de plumas—. Da lo mismo, solo es un juego.

—Pero está mal —dijo Pip, con la rabia aferrada al cuerpo, desvaneciéndose con las medias lunas marcadas en las manos—. Que Bobby sea el asesino es demasiado fácil. Demasiado evidente. Y hay muchas lagunas —dijo, más para ella que para los demás. ¿Por qué se había involucrado tanto? Ni siquiera era real.

—Bueno, no pasa nada, solo es para pasarla bien un rato —dijo Cara, apretándole una mano—. Además, yo lo he adivinado, así que soy la mejor.

—Sí, y el juego ha sido muy divertido —dijo Connor con un tono muy alegre, para compensar—. Mucho más interactivo de lo que pensaba que sería. Gracias por organizarlo todo y por dirigirlo, Jam.

—Sí, gracias, Jamie —dijo Cara, y Pip la imitó justo después.

—De nada, chicos —dijo quitándose el gorro de policía para hacer una reverencia—. El inspector Whey, cambio y fuera.

Y había sido divertido, hasta el final. El mundo exterior había desaparecido, solo habían estado ella, su mente y un problema que resolver. Tal como le gustaba. Exactamente como más era ella misma.

Pero se había equivocado.

Pip odiaba equivocarse.

Pasó el pulgar por el libreto cerrado, por encima del logo abajo de todo. Con un movimiento rápido, rompió un trocito de hoja, un pequeño acto de venganza, arrancando las palabras *Kill Joy*.

Doce

—¿Qué tal la han pasado? —preguntó Elliot Ward desde el asiento del conductor. El señor Ward tenía diferentes papeles en la vida de Pip: era el padre de Cara y su profesor de Historia. Su profesor favorito, en realidad, aunque él no lo sabía. Pasaba tanto tiempo en casa de los Ward que seguramente él la considerara una hija más. Incluso tenía una «taza de Pip» allí.

—Muy bien —respondió Cara desde el asiento del copiloto—. Pip está un poco enojada porque se ha equivocado.

—Ay, Pip —dijo el señor Ward—. Seguramente el juego estaba mal, ¿verdad? —bromeó, girando la cabeza rápidamente para mirarlos a ella y a Zach, sentados en el asiento de atrás.

—Ay, no hagas que empiece otra vez —dijo Cara, chupándose un dedo para empezar a borrarse las arrugas.

—Yo prefería tu teoría, la verdad —le dijo Zach.

Pip le sonrió con la boca cerrada. Supuso que no era culpa suya no ser el asesino y que simplemente los escritores de *Kill Joy* eran unos incompetentes. Bobby Remy era el asesino. Sorbió la nariz. Era demasiado fácil. De acuerdo, a lo mejor todavía no se le había pasado el enojo.

—Bueno, ya han terminado los exámenes —dijo Elliot, entrando con el coche en High Street—. ¿Estan contentos por ser libres?

—Por supuesto —dijo Zach—. Tengo un montón de juegos de PlayStation esperándome.

—Muy listo, Sherlock —fue la contribución de Cara—. Aunque Pip todavía no es libre. Ya estás pensando en tu Proyecto Complementario, ¿no?

—No hay paz para los malvados.

—¿Ya has elegido tema, Pip? —preguntó Elliot.

—Aún no —le respondió a la nuca—. Pero lo haré. Pronto.

Se estaban acercando a la glorieta y la intermitente izquierda empezó a parpadear para girar por la calle de Pip y Zach.

El coche se detuvo en seco.

Pip y Zach se sacudieron contra el cinturón de seguridad y el coche se quedó inmóvil.

—¿Papá? —dijo Cara mirándolo con preocupación. Estaba mirando fijamente a un punto más allá de ella, al otro lado de la ventanilla.

—Sí, sí. —Sacudió la cabeza—. Perdonen, chicos, es que me ha parecido ver... a alguien. Me he distraído. Lo siento mucho. —Giró la llave y volvió a arrancar—. Igual debería acompañarte a las clases de conducir, Cara. —Se rio y el coche empezó a andar.

Pip miró por la ventanilla y entornó los ojos para intentar descifrar la oscuridad. El señor Ward había visto a alguien. A alguien que estaba pasando junto al coche ahora mismo. Otra sombra, hasta que pasó por debajo del brillo naranja de una farola.

Y, durante un segundo, Pip también vio lo que debía de haber visto el señor Ward. Su cara. La cara que tan bien conocía por las noticias del caso, por sus propios recuerdos. Sal Singh. Pero no podía ser, estaba muerto. Desde hacía cinco años.

Era su hermano pequeño, Ravi Singh. Se parecían muchísimo por el perfil derecho. Pip no conocía a Ravi pero, como todo el mundo en Little Kilton, sabía de él.

Tenía que ser muy difícil para él vivir en este pueblo que todavía seguía obsesionado con su propia historia de asesinatos. No podían olvidarlo, daba igual los años que pasaran. El pueblo y esas muertes iban de la mano, unidos para siempre. El caso de Andie Bell. La asesinó su novio, Sal Singh. Nunca hubo juicio, pero esa era la historia, lo que creía todo el mundo. Estaba solucionado, listo, cerrado. «Es el novio, siempre es el novio», decía la gente. Tan evidente y tan... tan fácil. Pip entrecerró los ojos. Demasiado fácil, quizá.

Giró la cabeza todo lo rápido que le permitió el cuello. Él aceleró el paso y el coche siguió su camino, separándolos.

Y desapareció en la noche.

Pero algo se había quedado atrás.

—En realidad —dijo Pip—, creo que ya sé sobre qué voy a hacer mi proyecto.

¿Quieres saber qué hizo Pip después?
Disfruta de este avance de *Asesinato para principiantes*.

N.° 1 en ventas del *The New York Times*.

PARTE I

EXTENSIÓN DE PROYECTO 2017/18

Número del candidato
4169

Nombre completo del candidato
Pippa Fitz-Amobi

Parte A: propuesta del candidato

Esta parte debe ser rellenada por el candidato

- Asignaturas o áreas de interés con las que tiene que ver el tema elegido:

Lengua, periodismo, periodismo de investigación, derecho criminal

Título provisional del proyecto

Presente el tema que se dispone a investigar en forma de oraciones/preguntas/hipótesis

Investigación del caso de desaparición de Andie Bell en 2012 en Little Kilton

Usando la desaparición de Andie Bell como caso de estudio, proponemos un artículo detallado sobre la creciente importancia de los medios de comunicación escritos y audiovisuales, así como de las redes sociales, en la ayuda a la investigación policial. También se analizará el papel de la prensa en la imagen de Sal Singh y su supuesta culpabilidad.

- Fuentes que se usarán:

Entrevista con un experto en personas desaparecidas, entrevista con el periodista local que cubrió el caso, artículos de periódico y entrevistas a miembros de la comunidad. Manuales y artículos sobre procedimientos policiales, sobre psicología y sobre el papel que desempeñan los medios de comunicación.

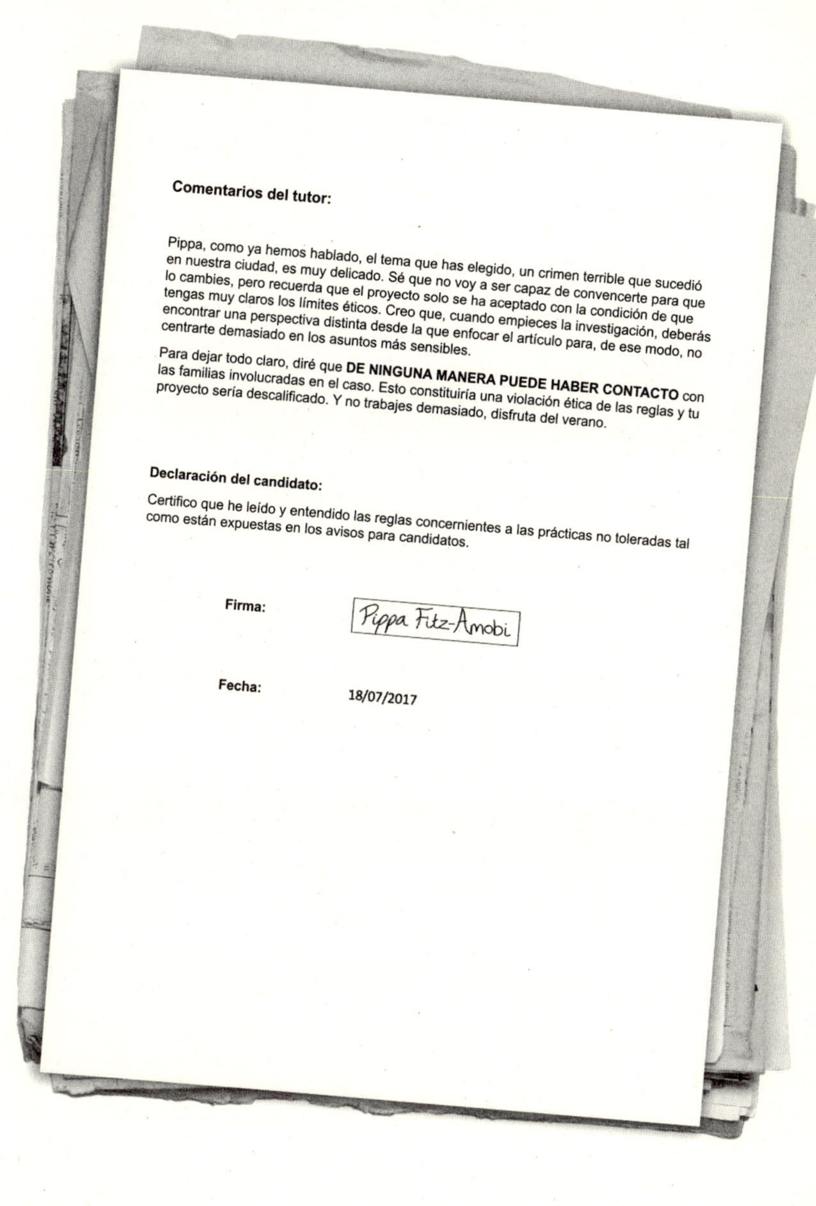

Comentarios del tutor:

Pippa, como ya hemos hablado, el tema que has elegido, un crimen terrible que sucedió en nuestra ciudad, es muy delicado. Sé que no voy a ser capaz de convencerte para que lo cambies, pero recuerda que el proyecto solo se ha aceptado con la condición de que tengas muy claros los límites éticos. Creo que, cuando empieces la investigación, deberás encontrar una perspectiva distinta desde la que enfocar el artículo para, de ese modo, no centrarte demasiado en los asuntos más sensibles.

Para dejar todo claro, diré que **DE NINGUNA MANERA PUEDE HABER CONTACTO** con las familias involucradas en el caso. Esto constituiría una violación ética de las reglas y tu proyecto sería descalificado. Y no trabajes demasiado, disfruta del verano.

Declaración del candidato:

Certifico que he leído y entendido las reglas concernientes a las prácticas no toleradas tal como están expuestas en los avisos para candidatos.

Firma: Pippa Fitz-Amobi

Fecha: 18/07/2017

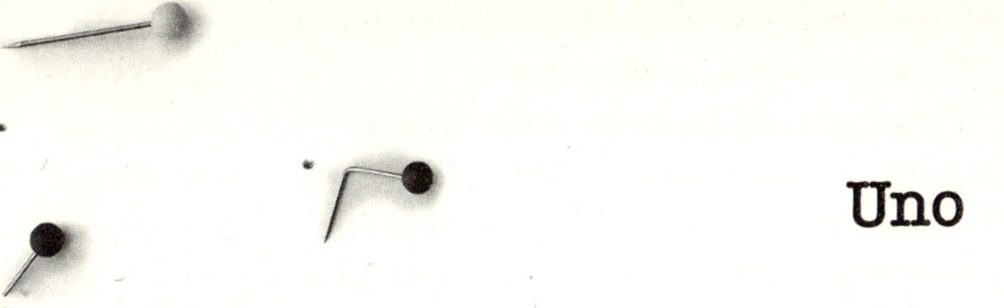

Uno

Pip sabía dónde vivían.

Todos los vecinos de Little Kilton lo sabían.

La casa era algo así como la mansión encantada de la ciudad, la gente aceleraba cuando pasaba por delante e interrumpía sus conversaciones. En ocasiones, las pandillas de chicos que se reunían a la vuelta de la escuela se retaban entre sí a acercarse corriendo y tocar la reja.

Pero quienes habitaban aquella casa encantada no eran fantasmas, sino tres personas tristes que intentaban continuar con sus vidas. No había luces que se encendieran y se apagaran solas, ni sillas que se cayeran al suelo sin que nadie las tocara; lo terrorífico de la casa eran los grafitis que decoraban los muros, «escoria», y las ventanas rotas a pedradas.

Pip no entendía que no se hubieran mudado. No es que tuvieran que hacerlo, claro, no eran culpables de nada. Pero no sabía cómo eran capaces de seguir allí.

Pip sabía unas cuantas cosas; sabía que «hipopotomonstrosesquipedaliofobia » era el término técnico para el miedo a las palabras largas, o que los bebés nacían sin rótula; podía recitar las mejores frases de Platón y Catón sin equivocarse en una coma y sabía que existían más de cuatro mil clases de papas. Pero no sabía cómo la familia Singh era capaz de permanecer aquí, en Kilton, bajo el peso de las miradas de asombro, de los comentarios susurrados pero que se oyen igu de los educados saludos de los vecinos que ya nunca se convertíanen conversaciones reales.

Para colmo de males, la casa estaba muy cerca de la preparatoria de Little Kilton, donde habían estudiado Andie Bell y Sal Singh, y adonde Pip volvería en un par de semanas para cursar el último año, en cuanto el sol de agosto dejara paso a septiembre.

Pip se detuvo y apoyó la mano en la reja, demostrando más valor que la mitad de los chicos de la ciudad. Con la mirada recorrió el camino que llevaba hasta la puerta de la casa. Aunque no eran más que unos cuantos metros, para ella se abría un abismo entre el lugar donde se encontraba en ese momento y la puerta de entrada. A lo mejor era una mala idea, eso ya se le había pasado por la cabeza. La mañana era soleada y Pip sintió que el sudor le resbalaba por la parte posterior de las rodillas debajo de los jeans. Bueno, tal vez solo era demasiado arriesgada... Y los grandes sabios y pensadores de la historia siempre recomendaban arriesgarse y abandonar la zona de confort. Claro que estas palabras justificaban incluso las peores ideas...

Desafiando ese abismo con paso firme, caminó hasta la puerta y, tras una pequeña pausa, que utilizó para reafirmar su resolución, golpeó tres veces con los nudillos. Su reflejo le devolvió la mirada: el cabello oscuro que el sol había aclarado un poco en las puntas, la cara pálida a pesar de la semana de vacaciones en el sur de Francia, los penetrantes ojos de un verde terroso preparados para el impacto.

Tras el sonido de descorrer una cadena y abrir las dos vueltas de la cerradura, la puerta se abrió solo un poco.

—¿Hola? —dijo él, con una mano en el quicio.

Pip parpadeó en un intento de que su mirada no pareciera tan asombrada, pero le costaba evitarlo. El chico se parecía muchísimo a Sal, al que ella conocía de los reportajes de la televisión y las fotos de los periódicos. El mismo cuya imagen empezaba a borrarse de su memoria adolescente. Ravi tenía el cabello igual que su hermano, alborotado y peinado hacia un lado, las mismas cejas espesas y arqueadas, la misma piel dorada.

—¿Hola? —insistió él.

—Esteee... —Pip reaccionó tarde. Su cerebro estaba ocupado procesando que, a diferencia de Sal, él tenía un hoyuelo en la barbilla, igual que ella. Y que estaba aún más alto que la última vez que lo había visto—. Sí, perdona, hola. —Hizo un movimiento raro con la mano, como un saludo que se quedara a medias, algo que inmediatamente lamentó.

—Hola.

—Hola, Ravi —saludó ella—. Claro, tú no me conoces...

Soy Pippa Fitz-Amobi. Voy a la misma prepa a la que ibas tú, tengo dos años menos.

—Ah.

—Me preguntaba si podría robarte un poco de tiempo. Solo será un instante. Bueno, uno no... ¿Sabías que la palabra «instante» viene del verbo latín *instare,* que, como intransitivo, significa «mantenerse sobre algo»? Te preguntarás cómo pasó a significar «breve intervalo de tiempo». La explicación viene de la expresión *tempus instans,* es decir el momento exacto en el que el tiempo está sobre ti, y de ahí, omitiendo la palabra *tempus, instans* pasó a significar «breve momento del presente» y, por extensión, cualquier momento fugaz. Así que, en realidad, no será solo un instante, serán varios. ¿Puedo molestarte varios instantes?

Cielos, esto es lo que le pasaba cuando se ponía nerviosa o estaba en una situación complicada; empezaba a decir datos y luego además trataba de bromear con ellos. Y la cosa no acababa ahí: la Pip nerviosa se convertía en una especie de superpresumida, ya que pasaba de su habitual acento de clase media a una triste imitación del de clase alta. «Solo será un instante», ¿en serio? ¿Qué tipo de persona normal habla así?

—¿Qué? —preguntó Ravi con expresión confundida.

—Nada, no me hagas caso —dijo Pip, de vuelta a su acento normal—. Estoy haciendo el PC y...

—¿Qué es un PC?

—Proyecto Complementario.* Es un trabajo que haces de forma individual para complementar los exámenes y subir de calificación en el curso previo al examen de admisión. Puedes elegir cualquier tema que te guste.

—Ah, es que no llegué a ese curso —dijo él—. Dejé la prepa en cuanto pude.

—Ya, bueno. Quería saber si podría entrevistarte para este proyecto.

—¿De qué trata? —El chico frunció las oscuras cejas.

—Pues... es sobre lo que pasó hace cinco años.

Ravi resopló y el labio se le torció en un gesto que presagiaba enojo.

—¿Por qué? —preguntó.

—Porque no creo que tu hermano sea culpable, y voy a tratar de demostrarlo.

* Se refiere al EPQ, *Extended Project Qualification*, una especie de trabajo de investigación que algunos estudiantes británicos realizan para completar calificaciones y asegurar el acceso a buenas universidades. (*N. de la T.*)

Pippa Fitz-Amobi
PC 01/08/2017

Registro de producción. Entrada n.º 1

El registro de producción sirve, normalmente, para dejar constancia de los obstáculos que puedas encontrarte en la investigación, así como de los progresos y los objetivos del trabajo. Mi registro de producción, sin embargo, será un poco distinto: reflejaré aquí todos los datos que obtenga en la investigación, tanto los relevantes como los irrelevantes, puesto que, de momento, no sé cuál será la conclusión final, ni qué cosas resultarán importantes o no. No sé cuáles son los objetivos de este trabajo. Solo me queda esperar a ver cuál es mi perspectiva al final de la investigación y cuál será el artículo que, en consecuencia, escribiré. [¿Esto no suena un poco como un diario?]

Espero que el resultado no sea el ensayo que le propuse a la señora Morgan. Espero sacar a la luz la verdad. ¿Qué fue lo que le ocurrió a Andie Bell el 20 de abril de 2012? Y, si como yo creo, Salil Sal Singh no es culpable, entonces ¿quién la mató?

No creo que consiga resolver el caso y descubrir a la persona que asesinó a Andie. No soy agente de policía, no dispongo de acceso a un laboratorio forense (obviamente), no albergo falsas esperanzas. Pero sí espero que mi investigación ponga al descubierto hechos y consideraciones que puedan establecer una duda razonable respecto a la culpabilidad de Sal, y de ese modo sugerir que la policía cometió una equivocación al cerrar el caso tan pronto y sin profundizar lo suficiente.

Así pues, mis métodos de investigación serán los siguientes: entrevistas a todos los que tengan algo que ver con el caso, seguimiento obsesivo de las redes sociales y una especulación enloquecida, completamente desquiciada.

[¡¡¡NO DEJAR QUE LA SEÑORA MORGAN VEA ESTO!!!]

De este modo, la primera fase del proyecto consiste en investigar lo que le sucedió a Andrea Bell —más conocida como Andie— y las circunstancias que rodean su muerte. Extraeré dicha información de las noticias del periódico y de las ruedas de prensa que dio la policía en aquel momento.

[Ve apuntando las referencias que usarás para no tener que buscarlas luego.]

Copio y pego el primer artículo periodístico que informó de su desaparición:

Andrea Bell, de diecisiete años de edad, desapareció de su casa en Little Kilton, Buckinghamshire, el pasado viernes.

Dejó su domicilio al volante de su coche, un Peugeot 206 negro, llevando consigo su celular y sin portar ningún tipo de equipaje adicional. La policía dice que su desaparición es «completamente impropia de su comportamiento habitual».

Los agentes llevan todo el fin de semana rastreando los bosques cercanos al domicilio familiar.

Andrea, conocida como Andie, es una mujer blanca, ronda el metro setenta, de cabello largo y rubio. Se cree que en la noche de su desaparición llevaba jeans oscuros y un suéter azul corto.[1]

Los siguientes artículos ofrecían información nueva relativa a la fecha en la que Andie había sido vista por última vez y el intervalo de horas en las cuales pudo ser secuestrada.

Andie Bell fue «vista con vida por última vez por su hermana pequeña, Becca, alrededor de las 22:30, el 20 de abril de 2012».[2]

Esto fue corroborado por la policía en una rueda de prensa el jueves 24 de abril: «Las imágenes de la cámara de seguridad ubicada en el exterior del Banco STN de High Street, en Little Kilton, confirman que el coche de Andie abandonó su casa alrededor de las 22:40».[3]

De acuerdo con la declaración de sus padres, Jason y Dawn Bell, Andie «había quedado en recogerlos en casa de unos amigos, donde estaban cenando, a las 00:45». Cuando Andie no apareció ni contestó el celular, ellos

1. www.gbtn.co.uk/news/uk-england-bucks-54774390 23/04/12
2. www.thebuckinghamshiremail.co.uk/news/crime-483926/04/12
3. www.gbtn.co.uk/news/uk-england-buck -6938847324/04/12

empezaron a llamar a amigos de la chica para ver si alguno sabía de su paradero. Jason Bell «llamó a la policía para denunciar la desaparición de su hija a las 3:00 del sábado».[4]

Así que, sea lo que sea lo que le pasó a Andie Bell esa noche, ocurrió entre las 22:40 y las 00:45.

Este parece un buen lugar para incluir la transcripción de mi entrevista telefónica de ayer con Angela Johnson.

4. Forbes, Stanley, «La verdadera historia del asesino de Andie Bell», El Correo de Kilton, 29/04/12, pp. 1-4.

Transcripción de la entrevista con Angela Johnson, del departamento de personas desaparecidas

Angela: Hola.

Pip: Hola, ¿es usted Angela Johnson?

Angela: Sí, ¿eres Pippa?

Pip: Sí, muchas gracias por contestar el email que le mandé.

Angela: De nada.

Pip: ¿Le importa si grabo esta entrevista para poder transcribirla luego y usarla en mi proyecto?

Angela: Adelante, no tengo ningún inconveniente. Siento no disponer más que de diez minutos. Bueno, ¿qué quieres saber sobre nuestro trabajo?

Pip: Pues me gustaría que me explicara un poco qué es lo quepasa cuando se denuncia una desaparición. Cómo es el protocolo y cuáles son los primeros pasos que da la policía.

Angela: A ver, cuando alguien llama al 999 o al 101 para denunciar una desaparición, la policía intenta conseguir la mayor cantidad posible de detalles para valorar el riesgo potencial de la desaparición y así poder elaborar una respuesta policial adecuada. En este primer momento, se preguntan cosas como el nombre, la edad, descripción de la persona, cómo iba vestida la última vez que fue vista, las circunstancias de su desaparición, si es propio de ella irse sin decir nada, si se ha marchado a pie o en algún vehículo, si fue en un vehículo, las características de este... Con dicha información, la policía establece si es un caso de bajo, medio o alto riesgo.

Pip: Y ¿qué circunstancias tendrían que darse para que fuera considerado un caso de alto riesgo?

Angela: Si son personas vulnerables por su edad o algún tipo de incapacidad, es un caso de alto riesgo. Si el comportamiento no es propio de la persona, probablemente sea un indicador de que ha habido coacción, así que también caería en esa categoría.

Pip: De acuerdo, entonces, si la persona desaparecida tiene diecisiete años y no es propio de ella haber desaparecido sin avisar, ¿estaríamos hablando de un caso de alto riesgo?

Angela: Por supuesto, si se trata de un menor, desde luego.

Pip: Bien, y ¿cuál es la respuesta de la policía en un caso de alto riesgo?

Angela: Pues inmediatamente se mandaría un destacamento al domicilio de la persona desaparecida. La policía tendría que reunir información complementaria sobre esa persona: amigos, conocidos, cualquier enfermedad o dolencia, su información bancaria por si pueden encontrarla a partir de algún retiro de dinero. También necesitan fotografías recientes y, si hablamos de un caso de alto riesgo, incluso pueden tomar pruebas de ADN por si las necesitan en un examen forense posterior. También tendrían que registrar el domicilio, con el consentimiento de los propietarios, por supuesto, para descartar que la persona desaparecida esté escondida o retenida allí y para encontrar más pistas que puedan ser de ayuda. Ese es el procedimiento estándar.

Pip: O sea que la policía se pone enseguida a buscar pistas o evidencias de que la persona desaparecida ha sido víctima de un crimen, ¿no?

Angela: Sí, sí, claro. Si las circunstancias de la desaparición son sospechosas, la consigna de los agentes es «en caso de duda, considera que se trata de un asesinato». Es cierto que solo un pequeño porcentaje de los casos de desaparición llegan a ser homicidios, pero las instrucciones de la policía son documentar las evidencias desde el principio como si estuvieran investigando dicho crimen.

Pip: Y después de ese registro inicial del domicilio, ¿qué pasa si no aparece ninguna prueba significativa?

Angela: Pues que amplían el radio de búsqueda al área circundante. Pueden pedir información telefónica. Interrogarán a amigos, vecinos o cualquiera que pueda darles una información útil. Si la persona desaparecida es joven, adolescente, no se puede confiar en que sus padres tengan toda la información respecto a quiénes son sus amigos o conocidos. Sus compañeros serán fuentes de información muy valiosas sobre otros contactos importantes, ya sabes, novios secretos, ese tipo de cosas. Y normalmente se diseña una estrategia de prensa porque la llamada a la colaboración ciudadana a través de los medios suele ser muy útil en estos casos.

Pip: O sea que, si la persona desaparecida es una chica de diecisiete años, la policía habría contactado con amigos y novio enseguida, ¿no?

Angela: Sí, claro. Los interrogatorios son imprescindibles porque, si ha huido de casa, es muy probable que esté escondida en casa de una persona cercana, de un amigo íntimo.

Pip: Y ¿en qué punto de la investigación la policía asume que ya está buscando un cadáver?

Angela: Bueno, supongo que en el momento en el que sea de sentido común asumirlo, no es un asunto de... Ay, Pippa, tengo que irme. Lo siento. Me acaban de llamar para la reunión.

Pip: Vaya, bueno, muchísimas gracias por dedicarme este rato.

Angela: Si tienes más preguntas, me mandas un email y te las respondo en cuanto tenga un momento.

Pip: Lo haré, gracias de nuevo.

Angela: Adiós.

Encontré estas estadísticas en internet:

> **El 80 % de las personas desaparecidas son halladas en las primeras 24 horas. Un 97 %, en la primera semana. El 99 % de los casos son resueltos en el primer año. Eso deja solo un 1 %. El 1 % de las personas desaparecidas nunca aparecen. Pero hay otra cifra que es importante tener en cuenta: solo el 0.25 % de todos los casos de personas desaparecidas tienen un desenlace fatal.**[5]

¿En qué lugar deja todo esto a Andie Bell? Pues flotando en un limbo entre ese 1 % y ese 0.25 %, y cada segundo que pasa la empuja en una u otra dirección.

Pero de momento, la mayoría de la gente considera que ella está en el grupo del 0.25 %, y eso que nunca encontraron su cuerpo. ¿Cuál es el motivo?

Sal Singh. Él es el motivo.

5. www.findmissingperson.co.uk/stats

Dos

Las manos de Pippa se distrajeron del teclado y se quedó con los índices sobrevolando la *w* y la *h* mientras se esforzaba por desentrañar el caos que se había desatado en el piso de abajo. Un golpe, pasos apurados, pezuñas deslizándose por el suelo y risas infantiles incontroladas. Al instante, todo quedó claro.

—¡Joshua!, ¡¿quién le ha puesto al perro una de mis camisas *batik*?! —gritó Victor con una voz tan poderosa que hasta atravesaba techos y alfombras.

Pip se rio a su pesar; guardó el documento del registro de producción y cerró la pantalla de su computadora. Cada día, como si fuera ya una tradición, había un barullo tremendo en cuanto su padre volvía del trabajo. Nunca fue un tipo silencioso: sus susurros se oían desde el otro lado de la habitación, sus carcajadas eran tan ruidosas que la gente se asustaba, y cada año, sin excepción, Pip se despertaba con el sonido de sus «pasos de puntitas» por el pasillo del piso de arriba cuando iba a dejar los regalos de Santa Claus en Nochebuena.

Su padrastro era la antítesis de la sutileza.

Al llegar abajo, Pip se encontró la siguiente escena: Joshua corría de habitación en habitación: de la cocina a la entrada, de la entrada al salón y volvía a empezar. Y sin dejar de reír en ningún momento.

Pegado a sus talones iba *Barney*, el perro perdiguero, que llevaba una de las camisas más impresas de su padre, la del estampado demencial verde que prácticamente te hacía sangrar los ojos, adquirida en su último viaje a Nigeria. El perro derrapaba como loco sobre el suelo de madera pulida de la entrada, con la emoción silbando a través de sus fauces abiertas.

Y cerrando la comitiva, Victor con su traje gris de Hugo Boss —saco, pantalón y chaleco—, arrastrando sus casi dos metros de estatura tras el perro y el chico, y soltando esa estentórea risa que, por momentos, incluso parecía subir de tono. Era algo así como la versión de la familia Amobi de una escena de *Scooby Doo*.

—Dios mío, y yo intentando hacer la tarea… —comentó Pip apartándose de un salto para no ser arrollada por la comitiva.

Barney se detuvo un momento para darle un cabezazo en la espinilla y luego se puso en marcha de nuevo para saltar encima de Victor y Josh, que, exhaustos, se habían dejado caer en el sofá.

—Hola, cariño —la saludó Victor palmeando el sofá a su lado.

—Hola, papá, eres tan silencioso que ni siquiera sabía que habías llegado.

—Pipsicola, eres demasiado lista para usar un chiste tan gastado.

Ella se sentó al lado de su padre y de Josh y notó cómo sus respiraciones aún agitadas hacían temblar los cojines del sofá, que se inflaban y desinflaban rítmicamente bajo sus piernas.

Josh empezó a meterse el dedo en la nariz y Victor le dio un ligero manotazo en la muñeca para que no lo hiciera.

—¿Qué tal te ha ido estos días? —preguntó Victor, dando a Josh vía libre para ofrecer una detalladísima explicación sobre sus últimos partidos de futbol.

Pip se desconectó; ya había oído todo aquello en el coche cuando había recogido a Josh del campo. En realidad, solo lo había escuchado a medias, distraída por la forma en que el entrenador suplente había mirado, lleno de confusión, su blanquísimo color de piel cuando ella había señalado al niño de nueve años al que venía a buscar y había dicho: «Soy la hermana de Joshua».

A estas alturas, ya debería estar acostumbrada: las miradas confundidas, la gente intentando configurar mentalmente la logística de su familia, las tachaduras en las numeraciones y los términos garabateados en su árbol genealógico.

El enorme nigeriano era, evidentemente, su padrastro, y Joshua, su hermanastro. Pero a Pip no le gustaba usar esas palabras, esos tecnicismos tan fríos. La gente a la que una ama no son matemáticas: no los calculas, restas o conviertes en fracciones. Victor y Josh no eran «tres octavos» suyos, no eran familia «al 40 %», eran completamente suyos, totalmente parte de su familia. Su padre y su insufrible hermano pequeño.

Su padre «real», el hombre que cedió a los Fitz dicho nombre, había muerto en un accidente de coche cuando ella solo tenía diez meses. Y aunque a veces Pip asentía y sonreía cuando su madre le preguntaba si recordaba cómo tarareaba su padre cuando se lavaba los dientes, o cuánto se había rído cuando la segunda palabra que Pip había dicho en su vida había sido «caca», la realidad era que no lo recordaba. Pero es que a veces lo de recordar no lo haces para ti, sino para arrancarle una sonrisa a alguien. Ese tipo de mentiras estaban permitidas.

—Y ¿cómo va el proyecto, Pip? —Victor se volteó hacia ella mientras le desabotonaba la camisa al perro.

—Ahí vamos —contestó ella—. De momento estoy repasando los datos que tengo y tomando notas. Esta mañana fui a ver a Ravi Singh.

—Vaya, ¿y?

—Pues estaba ocupado, pero dijo que podía atenderme el viernes.

—Yo no volvería ni loco —apuntó Josh con tono cauto.

—Eso es porque tú eres un niñito lleno de prejuicios que aún piensa que dentro de los semáforos vive gente diminuta. —Pip le echó una mirada—. Los Singh no han hecho nada malo.

Victor intervino.

—Joshua, intenta imaginar que todo el mundo te juzgara por algo que ha hecho tu hermana.

—Si Pip solo hace tarea…

Ella ejecutó un elegantísimo lanzamiento de cojín a la cara de Josh. Victor sujetó los brazos del niño y comenzó a hacerle cosquillas en la barriga; su hermano se retorcía para liberarse y defenderse de ella.

—¿Por qué aún no ha llegado mamá? —preguntó Pip, que molestaba al indefenso Josh poniéndole el pie cerca de la cara, como si fuera a acariciársela con el suave calcetín.

—Me dijo que iría directamente desde el trabajo al club de lectura de la madre de Boozy —contestó Victor.

—¿Eso quiere decir que podemos cenar pizza? —sugirió Pip.

Y de repente cesó el enfrentamiento fraterno y ella y Josh se encontraban en el mismo bando. Él se levantó de un salto, se agarró del brazo de su hermana y lanzó una mirada implorante a su padre.

—Claro que sí —sonrió Victor palmeándole la espalda—. Si no, ¿cómo voy a mantener tan boyantes estas carnes rebosantes?

—Papááá —se quejó Pip, que se reprendía mentalmente por haberle dicho una vez esa frase.

Pippa Fitz-Amobi
PC 02/08/2017

Registro de producción. Entrada n.º 2

Lo que pasó a continuación en el caso de Andie Bell es muy difícil de aclarar si nos atenemos a las noticias de los periódicos. Hay lagunas que voy a tener que rellenar con rumores y suposiciones hasta que el rompecabezas esté más claro tras las entrevistas; espero que Ravi y Naomi —que fue una de las mejores amigas de Sal— puedan ayudarme con esto.

Si tenemos en cuenta lo que dijo Angela, supongo que después de tomar declaración a la familia Bell y registrar concienzudamente su domicilio, la policía pidió información sobre los amigos de Andie.

Tras una seria revisión del historial de Facebook, parece ser que las mejores amigas de Andie eran Chloe Burch y Emma Hutton. Adjunto captura de pantalla.

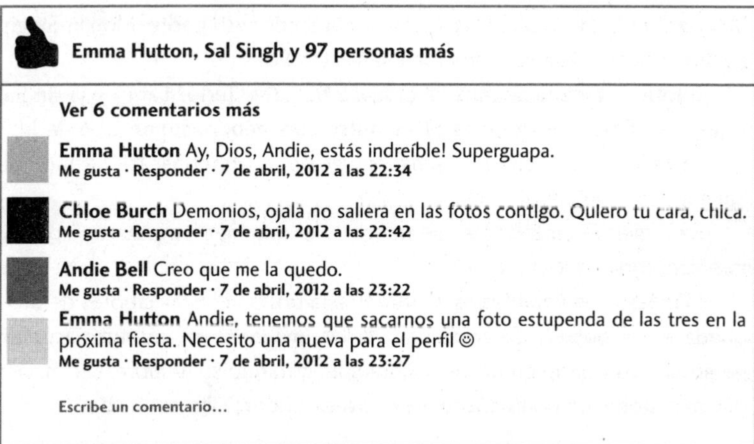
Emma Hutton, Sal Singh y 97 personas más

Ver 6 comentarios más

Emma Hutton Ay, Dios, Andie, estás indreíble! Superguapa.
Me gusta · Responder · 7 de abril, 2012 a las 22:34

Chloe Burch Demonios, ojalá no saliera en las fotos contigo. Quiero tu cara, chica.
Me gusta · Responder · 7 de abril, 2012 a las 22:42

Andie Bell Creo que me la quedo.
Me gusta · Responder · 7 de abril, 2012 a las 23:22

Emma Hutton Andie, tenemos que sacarnos una foto estupenda de las tres en la próxima fiesta. Necesito una nueva para el perfil ☺
Me gusta · Responder · 7 de abril, 2012 a las 23:27

Escribe un comentario...

Este post es de dos semanas antes de que Andie desapareciera. Parece que Chloe y Emma ya no viven en Little Kilton. [Quizá pueda mandarles un mensaje privado y pedirles una entrevista por teléfono.]

Ese primer fin de semana (el del 21 y 22) Chloe y Emma ayudaron muchísimo a dar publicidad a la campaña de Twitter #EncontremosaAndie, organizada por la policía de Thames Valley. No creo que me arriesgue demasiado al concluir que los agentes habrían contactado con Chloe y Emma o bien el viernes por la noche o bien el sábado por la mañana. Lo que no sé es lo que dijeron ellas en ese interrogatorio. Pero espero poder averiguarlo.

Sabemos que, en su momento, la policía habló con el novio de Andie. Su nombre era Sal Singh e iba en el mismo grupo que Andie, en el último curso del Instituto Kilton Grammar.

En algún punto del sábado, la policía contactó con Sal.

«El detective Richard Hawkins confirmó que los agentes habían interrogado a Salil Singh el sábado 21 de abril. Le preguntaron dónde estaba la noche anterior, específicamente, en las horas en las que se cree que Andie Bell desapareció.»[6]

Esa noche, Sal había estado en casa de su amigo Max Hastings. Estaba con sus cuatro mejores amigos: Naomi Ward, Jake Lawrence, Millie Simpson y el propio Max.

Insisto en que tengo que cotejar estos datos con Naomi la próxima semana, pero creo que Sal le dijo a la policía que había salido de casa de Max como a las 00:15. Se fue a casa caminando y su padre, Mohan Singh, confirmó que «Sal llegó a casa como a las 00:50».[7]

[Nota: la distancia entre la casa de Max (en Tudor Lane) y la de Sal (en Grove Place) es de unos 30 minutos caminando, según Google.]

La policía habló con los cuatro amigos para confirmar la coartada de Sal a lo largo del fin de semana.

Se pusieron carteles de «Se busca» y el domingo empezaron con los interrogatorios a los vecinos.[8]

El lunes, cien voluntarios ayudaron a la policía con las labores de búsqueda en el bosque de la ciudad. Vi las imágenes en las noticias: cien personas avanzando en fila por el bosque, gritando su nombre. Ese mismo día, más tarde, un equipo forense entró en el domicilio de los Bell.[9]

6. www.gbtn.co.uk/news/uk-england-bucks-78355334 05/05/12

7. Idem.

8. Forbes, Stanley, «El caso de la chica desaparecida aún sin esclarecer», El Correo de Kilton, 23/04/12, pp. 1-2.

9. www.gbtn.co.uk/news/uk-england-bucks-56479322 23/04/12

Y el martes, de repente, todo cambió.

Creo que lo más útil es ordenar cronológicamente los eventos de ese día y los siguientes, aunque nosotros, los vecinos, los conocimos desordenados y mezclados unos con otros.

Media mañana: Naomi Ward, Max Hastings, Jake Lawrence y Millie Simpson llamaron a la policía desde la escuela y confesaron haber proporcionado información falsa. Dijeron que Sal les había pedido que mintieran, pero que en realidad había salido de casa de Max como a las 22:30 la noche que Andie desapareció.

Aunque no sé a ciencia cierta cuál debería haber sido el procedimiento policial correcto, imagino que, en ese momento, Sal pasó a ser el sospechoso número uno.

Pero no pudieron encontrarlo: no estaba en la escuela ni en casa. Y tampoco contestaba el teléfono.

Más tarde, sin embargo, se filtró que, a pesar de haber ignorado todas las llamadas, Sal había mandado un mensaje a su padre aquella mañana. La prensa se referiría a dicho mensaje como «una confesión».[10]

Ese martes por la noche, uno de los equipos de policía que buscaban a Andie encontró un cadáver en el bosque.

Era Sal.

Se había suicidado.

La prensa nunca dijo qué método había empleado para hacerlo, pero en la escuela el rumor fue demasiado fuerte para ignorarlo.

Sal se internó en el bosque que estaba cerca de su casa, se tomó un puñado de somníferos, se puso una bolsa de plástico alrededor de la cabeza y la ajustó con una cinta elástica al cuello. Se ahogó estando ya inconsciente.

En la rueda de prensa que dio la policía esa noche, no hubo mención alguna a Sal. Solo contaron que las cámaras de seguridad situaban a Andie saliendo en coche de su domicilio a las 22.40.[11]

El miércoles se encontró el coche de Andie estacionado en la carretera de un bloque residencial (Romer Close).

Hubo que esperar hasta el lunes siguiente para que un portavoz de la policía revelara lo siguiente: «Tenemos novedades en la investigación del

10. www.gbtn.co.uk/news/uk-england-bucks-78355334 05/05/12

11. www.gbtn.co.uk/news/uk-england-bucks-69388473 24/03/12

caso Andie Bell. Como resultado de recientes informaciones provenientes del departamento de inteligencia y del forense, tenemos razones para sospechar que el joven llamado Salil Singh, de dieciocho años, estuvo involucrado en el secuestro y asesinato de Andie. Las evidencias habrían bastado para arrestar y acusar al sospechoso si este no hubiera muerto antes de que los procedimientos pudieran ser iniciados.

Por el momento, la policía no está tras la pista de nadie más en relación con la desaparición de Andie, pero la búsqueda de la chica sigue adelante. Enviamos mucho ánimo a la familia Bell, así como nuestro más profundo pesar por el golpe que, sin duda, les habrá causado esta información».

Lo que ellos llaman «evidencias» es la siguiente sucesión de hechos:

Encontraron el celular de Andie entre las ropas del cadáver de Sal.

Los exámenes forenses encontraron rastros de sangre de Andie bajo las uñas de los dedos índice y medio de la mano derecha de Sal.

También hallaron restos de sangre de Andie en la cajuela de su coche abandonado.

Las huellas de Sal aparecieron en el tablero y en el volante, aunque también había marcas de la propia Andie y de otros miembros de su familia.[12]

Según la policía, esto habría sido suficiente para acusar a Sal y, probablemente, para asegurar su condena en el juicio. Pero como estaba muerto, no hubo ni juicio ni condena. Tampoco defensa.

En las siguientes semanas, se produjeron más búsquedas policiales en los bosques de Little Kilton y de los alrededores. Se usaron perros rastreadores de cadáveres. Varios buzos de la policía registraron el río Kilbourne. Pero el cuerpo de Andie nunca apareció.

El caso de la desaparición de Andie Bell se cerró administrativamente a mediados de junio de 2012.[13] Un caso se «cierra administrativamente» solo si «la documentación aportada contiene evidencias suficientespara proceder a la acusación, pero el sospechoso muere antes de que la investigación pueda ser completada».

El caso «puede ser reabierto en el momento en que aparezcan nuevas pistas o evidencias».[14]

12. www.gbtn.co.uk/news/uk-england-bucks-78355334 09/05/12

13. www.gbtn.co.uk/news/uk-england-bucks-8736645516/06/12

14. The National Crime Recording Standards (NCRS) https://www.gov.co.uk/government/uploads/system/uploads/attachmentdata/file/99584773/ncrs.pdf

En quince minutos tengo que salir para ir al cine: Josh nos ha hecho chantaje emocional para que vayamos a ver otra película de superhéroes. Pero me queda la parte final de la carpeta de investigación del caso Andie Bell/Sal Singh y estoy en racha.

Dieciocho meses después de que el caso de Andie Bell se cerrara administrativamente, la policía envió un informe al juez de instrucción de la ciudad. En casos como este, él es quien decide si se debe proseguir con la investigación. Tal decisión está basada en su creencia de las probabilidades de que la persona esté muerta y en el tiempo transcurrido.

El juez instructor tendrá que acudir a la Secretaría de Justicia del Estado, amparado por el Acto de Jueces de Instrucción 1988, sección 15, para una investigación judicial sin haber hallado el cuerpo.

Cuando no hay cadáver, la investigación se basará sobre todo en las evidencias aportadas por la policía y en la opinión de los agentes al mando de la investigación sobre la probabilidad de que la persona haya fallecido.

La investigación judicial versa sobre las causas médicas y circunstancias de la muerte. No puede «culpar a individuos por dicha muerte o establecer responsabilidad criminal por parte de ningún sujeto».[15]

Al final de la investigación, en enero de 2014, el juez instructor dictó un veredicto de «homicidio» y se expidió el certificado de muerte de Andie Bell.[16] Un veredicto de homicidio significa que «la muerte de la persona se produjo en un acto ilegal realizado por alguien» o, más específicamente, muerte por «asesinato, homicidio involuntario, infanticidio o conducción temeraria».[17]

Y aquí termina todo.

Andie Bell fue declarada legalmente muerta, aunque nunca encontraron su cuerpo. Dadas las circunstancias, podemos asumir que el veredicto de homicidio se refiere a que fue asesinada. Después de la investigación, la Fiscalía de la Corona declaró lo siguiente: «El caso contra Salil Singh se podría haber basado en evidencias circunstanciales y forenses. No corresponde al SFC establecer si Salil Singh fue o no el asesino de Andie Bell, ya que esa decisión habría sido tomada por el jurado».[18]

15. http://www.inquest.uk/help/handbook/7728339
16. www.dailynewsroom.co.uk/AndieBellInquest/report5774312/01/14
17. http://www.inquest.uk/help/handbook/verdicts/unlawfulkilling
18. www.gbtn.co.uk/news/uk-england-bucks-9532234507/01/2013, 14/01/14

Así que, aunque nunca llegó a haber un juicio, aunque no hubo un representante del jurado que se levantara, con las manos sudorosas y la adrenalina latiéndole en las sienes, y declarara: «Nosotros, el jurado, encontramos al acusado culpable», aunque Sal nunca tuvo la oportunidad de defenderse, es culpable. No en el sentido legal, pero sí en todos los demás, que en realidad son los que importan.

Cuando preguntas a la gente de la ciudad qué le pasó a Andie Bell, te responden sin dudar: «La asesinó Salil Singh». Nada de «supuestamente» o «tal vez», ni un «probablemente» o «seguramente».

«Lo hizo», te dice la gente. Sal Singh asesinó a Andie.

Pero yo no estoy tan segura...

[Siguiente registro: posiblemente me plantearé cómo habría sido la defensadel caso contra Sal en caso de haber llegado a juicio y luego intentaré desmentirla para ver qué fallos tiene.]